DANIEL CHARNEAU

Compère Guilleri

Théâtre
de cape et d'épée

A
Gustave Beignon

pour sa confiance et ses encouragements.

ACTE I

Scène 1 : le Baron de La Roussière, de Pontguérin, de Montrezeau, Picart, Perrocheau, l'abbé Grelot.

PERROCHEAU – M. le Baron, il m'a volé 100 livres aux quatre chemins de l'Oie ! 100 livres ! Des semaines de travail !

L'ABBE GRELOT – Pire ! Il a commis un sacrilège ! Vêtu en évêque, il a frappé à la porte de notre évêché de Luçon. Qui aurait pu imaginer ? Comme il était l'heure du souper, Monseigneur l'a invité à sa table. Guilleri l'a enchanté de sa conversation. Quel beau parleur ! Ça ! Ses paroles coulent dans les oreilles comme le vin doux dans mon gosier ! Quand il fut bien rassasié et qu'on lui demanda de quel diocèse il avait la charge, le mécréant éclata d'un rire diabolique et s'écria : « Je n'en ai point à cette heure, mais ventredieu *(il se signe)* il se pourrait que le vôtre soit libre bientôt ! » Alors, j'en frémis encore, il plaça un couteau sous la gorge de notre évêque et exigea la dîme de la dîme !

LE BARON – La dîme de la dîme ? Qu'est-ce que c'est que cette nouveauté ?

L'ABBE GRELOT – Une mauvaise farce ! L'impôt des voleurs sur le clergé ! 1000 livres M. le Baron ! Une fortune volée à l'Eglise. Pour la paroisse de la Friponnerie et ses pauvres a-t-il ajouté en riant de plus bel.

LE BARON – Mais enfin ! Monseigneur n'a-t-il pas des gens à son service ?

L'ABBE GRELOT – Le bandit n'est pas venu seul. Ses complices nous tenaient sous la menace de leurs armes, M. le secrétaire, M. l'argentier et moi-même.

LE BARON – Que faisaient les valets et les servantes ?

L'ABBE GRELOT *(amer)* – Ah… je crois bien qu'ils ont ri !

LE BARON – Ils ont osé ?

L'ABBE GRELOT – Vous allez comprendre. Les bandits, après avoir pillé le coffre, ont remercié les gens de la maison. Ils ont distribué une livre au cuisinier, et 5 soles à chacun des commis, une livre à celui qui a pris soin des chevaux, une à celui qui a brossé les vêtements, une autre pour le sourire de la servante et, comble de l'insolence, un misérable denier à Monseigneur pour avoir promptement ouvert son coffre. *(Le baron sourit.)* Qu'est-ce que je disais ! Cela vous amuse aussi !

LE BARON – Excusez-moi, M. l'abbé, vous avez raison, je ne devrais pas sourire des impertinences de ce bandit.

PONTGUERIN – De qui parlez-vous M. de La Roussière ?

LE BARON – De Philippe Guilleri et de son armée de brigands, M. de Pontguérin.

MONTREZEAU – Qu'attendez-vous pour le faire pendre ?

LE BARON – M. de Montrezeau, il faudrait pouvoir l'arrêter. Mais ce diable d'homme n'est jamais là où on l'attend. De plus je n'ai pas les moyens d'entretenir en permanence une troupe de gens d'armes pour lui courir après. D'ailleurs cela ne servirait rien, les paysans le protègent. Personne, pas même mes propres gardes, n'aidera à mettre la main sur celui qui fait si bien rire les petits au détriment des grands !

PICART – Ah ! M. le Baron, je suis bien placé pour le savoir. Guilleri est passé à Boulogne le jour du marché. Il a régalé tout le village avec le vin que je comptais vendre. J'ignorais qui était ce généreux client, richement vêtu et qui invitait chacun à boire. Les hommes ont bu jusqu'à plus soif et ils riaient et ils dansaient et ils venaient serrer la main de l'homme qui payait. Moi aussi j'ai bu, M. le Baron, ou plutôt, le brigand m'a fait boire. J'ai bu, j'ai bu jusqu'à tomber parterre. Lorsque je me suis réveillé, il faisait nuit, mes tonneaux et ma caisse étaient vides. J'ai perdu dans l'affaire au moins 250 livres.

PONTGUERIN – Morbleu ! Je comprends que le bandit soit choyé. Quelle fête pour les villageois !

PICART – Il m'a laissé un mot de remerciement, si M. le Baron veut bien lire. (*Le Baron prend le feuillet.*)

LE BARON (*lisant*) – « Maître Picart, votre vin était excellent, je vous remercie pour votre générosité et vous convie à la prochaine fête que j'organiserai, à Chauché, le 12 du mois prochain. »

L'ABBE GRELOT – Quel toupet !

PICART – C'est demain !

LE BARON *(continuant la lecture)* – «J'ai récupéré les 200 livres que je vous ai prêtées tantôt, pour payer le vin de la prochaine fête, plus 50 livres pour les frais d'organisation. »

PERROCHEAU – C'est-y pas un coquin celui-là, Monsieur le Baron ?

LE BARON *(finissant la lettre)* – « Je compte sur vous le 12, et vous permets de venir avec vos amis marchands, surtout s'ils vendent de quoi manger, ce qui nous a un peu manqué aujourd'hui. Soyez assuré, Maître Picart, de mon entière satisfaction à votre égard. A bientôt. Votre dévoué Philippe Guilleri. »

MONTREZEAU – C'est incroyable, un pendard pareil !

PICART – M. le Baron, nous, les marchands, vous supplions de faire quelque chose pour notre sécurité. Le commerce devient impossible avec Guilleri.

L'ABBE GRELOT – Au nom de Monseigneur, je vous demande aussi de mettre fin aux agissements de Guilleri.

LE BARON – J'ai une nouvelle qui va vous rassurer. Le conseil du roi Henri IV a eu vent par mes soins des méfaits de Philippe Guilleri. Notre ministre Sully sait que le commerce dans le Poitou est considérablement ralenti. Or le royaume, vous le savez, a besoin de se relever des guerres qui nous ont opposés entre Français. Un officier royal et une troupe nous sont envoyés de Paris pour nous débarrasser de Guilleri.

(Picart, Perrocheau et Grelot expriment bruyamment leur satisfaction.)

MONTREZEAU – Des hommes expérimentés ! De vrais limiers !

PONTGUERIN – Vous pouvez reprendre vos affaires. L'officier royal n'aura qu'à montrer le bout de son nez, pour faire fuir Guilleri à l'autre bout du royaume.

LE BARON – On verra bien. Ils ne devraient plus tarder.

(D'un geste il congédie les marchands qui saluent et sortent.)

L'ABBE GRELOT – Toujours est-il que Monseigneur sera satisfait de l'intérêt que vous portez à cette affaire.

LE BARON – Transmettez-lui mes plus respectueux hommages, et assurez-le de ma grande considération pour les choses de la religion.

L'ABBE GRELOT – Comptez sur moi M. le Baron. Dieu vous garde messieurs ! *(Il salue les barons en s'inclinant, ils lui répondent d'un signe de la tête. L'abbé sort par le fond.)*

LE BARON – Messieurs, je vous convie à boire à la santé de notre bon roi Henri.

MONTREZEAU – Et à la paix religieuse !

PONTGUERIN – Qu'elle dure longtemps ! *(Ils sortent sur le côté gauche.)*

<u>Scène 2 : la Baronne de La Roussière et Catherine de La Roussière.</u>

(Catherine entre à droite en colère, suivie de la Baronne de La Roussière.)

LA BARONNE – Ne te fâche pas Catherine !

CATHERINE – Tu me traites comme une enfant !

LA BARONNE – Mais bien au contraire ! Je te parle comme à une femme !

CATHERINE – Vraiment ?

LA BARONNE – Tu devrais pouvoir discuter de ce sujet avec ta mère sans te fâcher.

CATHERINE – Ah ! Tu vois

LA BARONNE – Quoi !?

CATHERINE – Tu as dit « tu devrais ». Ça veut dire que je ne suis pas encore une femme pour toi !

LA BARONNE – Mais enfin Catherine que veux-tu que je fasse ? Quand je te parle comme à une femme, tu cries et quand je te parle comme à une enfant, tu brailles ! Il faudrait savoir ce que tu veux !

CATHERINE *(parlant de plus en plus fort)* – « Tu devrais ... Il faudrait... » Des conseils ... Des leçons ... Ça me fatigue ! Et puis je ne crie pas et je braille encore moins, Madame !

LA BARONNE *(fermement)* – Alors assieds-toi et causons. *(Elles s'assoient, très énervées mais cherchant à se contenir.)*... Bon !... Catherine... tu as seize ans ... tu es adulte ... nous pouvons avoir une conversation entre adultes ?

CATHERINE – Oui maman !

LA BARONNE *(prudente)* – De femme à femme !

CATHERINE – Ah !

LA BARONNE *(agacée)* – Quoi ?

CATHERINE – Je te vois venir !

LA BARONNE *(irritée)* – Catherine !

CATHERINE – Tu vas me dire je dois songer à me marier, que Marguerite des Essarts qui a mon âge est mariée depuis plus d'un an, que les rois et les reines se marient parfois avant leurs quinze ans, et patati et patata ...

LA BARONNE *(sur la défensive)* – Et alors ? Il n'y a rien de mal à se marier ! Je me suis bien mariée, moi, et avec ton père en plus !

CATHERINE – Et c'est reparti !

LA BARONNE – Oh !

CATHERINE *(lassée)* – Je connais la chanson : tu n'as pas eu le choix, ce sont tes parents qui ont décidé, et tu n'as pas été malheureuse pour autant ! Mais maman ! On n'est plus au Moyen-âge !

LA BARONNE *(furieuse)* – Ah oui ? Et bien figure-toi qu'au Moyen-âge on se mariait ! Qu'à la Renaissance on se mariait ! Qu'on se marie encore aujourd'hui sous Henri IV et qu'on se mariera encore longtemps ! Et tu as beau me tenir tête, quand ton père décidera il faudra bien que tu obéisses ! Ah ça mais ! *(Elle sort à droite la tête haute et rapidement pour ne pas entendre la réplique de sa fille.)*

Scène 3 : Catherine, Constance, Denis de Sèvres

CATHERINE – Ah ! Elle m'énerve, mais elle m'énerve ! *(Constance la chambrière entre.)*

CONSTANCE – Vous vous êtes disputée avec votre mère Mademoiselle ?

CATHERINE – Comme d'habitude ! Qu'a-t-elle donc à vouloir me marier si vite ?

CONSTANCE – Vous avez seize ans ! C'est un âge plus que raisonnable pour une fille.

CATHERINE – Je ne suis pas prête. Et quand bien même je le serais, je veux choisir mon mari. J'en veux un beau, fort, gentil, courageux, fortuné, généreux, drôle, attentif ...

CONSTANCE – Vous voudriez pas qu'il vous aime en plus ! ?

CATHERINE – Tu te moques de moi ? ... Mais dis donc, nous avons le même âge, qu'attends-tu pour te marier, toi ?

CONSTANCE – La Saint Glinglin ! Vous, vous continuerez de manger à votre faim, de porter de beaux habits, d'être à l'abri du froid dans le château de votre époux. Pour moi, c'est tout différent ! Si je me marie, il faudra que je quitte le château de la Grève pour suivre mon époux dans sa chaumière, m'harasser avec lui dans les champs pour survivre. Franchement, je préfère me passer de mari et ne connaître ni la faim ni la misère !

CATHERINE – Que tu es grave soudain ! Je préfère quand tu te moques ! Sois gaie Constance quand tu es avec moi, j'ai assez de ma mère pour me rappeler des choses désagréables.

CONSTANCE – Mon Dieu, j'oubliais ! A propos de choses désagréables, quelqu'un demande à vous voir.

CATHERINE – Qu'entends-tu par désagréable ?

CONSTANCE – Je crois que c'est un nouveau soupirant.

CATHERINE – C'est un coup de ma mère ! Je n'aurai donc jamais la paix ! Je ne veux pas le voir ! Dis-lui que je ne me sens pas bien et que je ne suis pas en état de le recevoir.

CONSTANCE – Bien Mademoiselle. *(Elle va à la porte, ouvre et annonce bien fort)* Entrez Monsieur, Mademoiselle Catherine vous attend.

CATHERINE – Hein ! Elle est folle !

(Elle se cache derrière la tenture. Denis de Sèvres entre et la cherche du regard.)

DENIS – Mais ! Il n'y a personne !

CONSTANCE – Mademoiselle Catherine se cache car elle craint que vous ne la contaminiez.

CATHERINE – Ah la garce ! Elle va me le payer cher !

DENIS – Mais je ne suis pas malade !

CONSTANCE – C'est vous qui le dites ! Je vois bien, moi, que vous avez tout pour rendre une jeune fille malade d'amour, Monsieur de Sèvres !

CATHERINE – Denis ?

DENIS – Quelqu'un ?

CATHERINE *(tirant la tenture et se précipitant)* – Denis !

DENIS – Catherine ! *(Ils se jettent dans les bras l'un de l'autre.)* Qu'est-ce que cela signifie ?

CATHERINE – Constance ! Sale chipie ! Pourquoi ne m'as-tu pas annoncé tout de suite que M. de Sèvres était revenu ?

CONSTANCE – Excusez-moi Mademoiselle. Je n'avais pas compris tout à l'heure que vous étiez pressée de serrer dans vos bras le premier venu !

DENIS – Qu'est-ce que c'est que cette drôlesse ?

CATHERINE – Constance, ma chambrière.

DENIS – Elle est impertinente.

CATHERINE – Elle m'amuse.

CONSTANCE – Je vous laisse Mademoiselle. Madame la Baronne a sûrement besoin de mon réconfort. Je pourrais, par exemple, l'entretenir d'un certain mariage de qui je sais avec qui j'ai vu !

CATHERINE – Si tu fais ça ... !

CONSTANCE – Bon, bon, je ne dirai rien. *(Elle sort.)*

DENIS – Catherine ! Quel plaisir de te revoir après deux ans d'absence !

CATHERINE – Comment tu me trouves ?

DENIS – Changée.

CATHERINE – En bien ?

DENIS – En mieux. Et toi, que penses-tu de moi ?

CATHERINE – Voyons ... Quand tu es parti, tu étais un grand benêt la morve au nez ...

DENIS – Merci !

CATHERINE – Et tu reviens en élégant cavalier, la rapière au côté ... Quelle différence !

DENIS – Je suis un homme maintenant.

CATHERINE – Tu as seize ans.

DENIS – Dix-sept dans deux mois ! Je suis presque mousquetaire, j'ai appris à manier l'épée chez l'un des meilleurs maîtres d'armes de Paris. Bien sûr, je ne suis pas encore allé au combat, mais j'irai un jour et j'y serai glorieux.

CATHERINE *(avec une moue)* – Oh ! La gloire ...

DENIS – Tu ne voudrais pas me voir glorieux ?

CATHERINE – Si, mais fais attention à toi ! Les plus glorieux sont toujours les plus morts !

DENIS – Allons donc ! Je ne crains rien, je fais partie de la meilleure compagnie des cadets. Tous nobles, tous cadets bien sûr, tous du Poitou ou de Bretagne. Et notre capitaine, Henri de Belgarde, est un homme admirable. Quand tu le verras, tu comprendras qu'il ne peut rien m'arriver de fâcheux !

CATHERINE – Quel enthousiasme ! Et qu'est-ce qui te ramène au pays ?

DENIS – Une mission. *(Enthousiaste)* Figure-toi que mon capitaine, a reçu l'ordre de M. de Sully d'arrêter un brigand nommé Philippe Guilleri.

CATHERINE – Le ministre Sully en a entendu parler ? Je ne savais pas notre Guilleri si célèbre.

DENIS – Des plaintes à propos de ses méfaits sont parvenues jusqu'au roi. Et nous, les cadets, nous le mettrons au bout d'une corde !

CATHERINE – Ce n'est pas sûr !

DENIS – Je te dis que ces jours sont comptés !

CATHERINE – Pour mettre la main sur Guilleri, il faudra plus qu'une épée. Il faudra être très malin. Guilleri n'est pas un brigand comme les autres, tu verras. Il a de l'élégance, de l'humour, du panache.

DENIS – Cornedieu ! D'où tiens-tu que de telles vertus sont le propre de la canaille ? Et que dis-tu de ses malheureuses victimes ?

CATHERINE – Il ne garde pas l'argent pour lui à ce qu'on dit.

DENIS – Je vois… il vole gratis ! Un bénévoleur en somme !

CATHERINE *(agacée)* – Il remercie poliment les riches et nobles femmes détroussées…

DENIS – C'est la moindre des choses !

CATHERINE *(de plus en plus agacée)* – ...ou il abuse les arrogants par des déguisements incroyables.

DENIS – Le jour de mardi gras sans doute ?

CATHERINE – Il ne blesse personne. Il n'a pas de sang sur les mains !

DENIS – Un saint homme ! Le Saint François de la Cour d'Assise ! Le petit frère des pauvres ... voleurs !

CATHERINE – Tu peux rire ! En attendant il est libre et aimé des paysans ! Mais nous avons assez parlé de lui. Je ne veux pas que nous nous disputions le jour de nos retrouvailles. As-tu pensé à moi depuis deux ans ?

DENIS – Voyons Catherine, comment aurais-je pu t'oublier, toi, mon amie d'enfance, ma compagne de jeu ?

CATHERINE – Oui, nous étions petits alors.

DENIS – J'avais trois ans quand je vis pour la première fois le château de La Grève.

CATHERINE – Mais dans quelles circonstances hélas ! Tu n'avais déjà plus de mère. Nos pères se connaissaient depuis longtemps et s'appréciaient. Qui l'eut cru qu'une amitié fût possible entre un catholique et un huguenot ! La guerre n'affaiblit pas l'estime mutuelle qu'ils se vouaient, bien qu'ils fussent dans des camps opposés. Et quand, à la bataille de Coutras, le tien rendit son dernier souffle dans les bras du mien, c'est à son ennemi intime qu'il te légua en héritage.

DENIS – Je ne garde aucun souvenir de mes parents, vous êtes ma seule famille.

CATHERINE – Depuis nous avons grandi, tu as quitté le château de La Grève pour faire le soldat à Paris. Tu as oublié ton petit village de St Martin et je suis sûre que tu as trouvé une Parisienne à ton goût.

DENIS – Jamais !

CATHERINE – Menteur !

DENIS – Catherine ! Pourquoi aurais-je couru les Parisiennes quand… ?

CATHERINE – Vraiment ? Comme je suis heureuse de trouver un allié. Maintenant nous serons deux pour faire entendre raison à ma mère. Tu ne peux pas savoir comme elle est devenue irritante. Elle ne pense qu'à me marier. Toi au moins tu me comprends. Tu me protégeras, car dans cette affaire je ne peux compter que sur toi. Constance s'est rangée du côté de ma mère *(amèrement)* je l'ai bien compris tout à l'heure.

DENIS – Catherine je…

<u>Scène 4 : Catherine, Denis, le Baron de La Roussière, de Pontguérin, de Montrezeau, Henri de Belgarde, Simon.</u>

(Le Baron, Henri, de Pontguérin et de Montrezeau entrent à gauche.)

LE BARON – Denis ! Galopin

DENIS – M. de La Roussière ! Je suis heureux de vous revoir ! *(Ils s'embrassent.)*

LE BARON – Moi aussi mon garçon. Une vraie surprise et un hasard incroyable ! Je demande au roi des renforts et il m'envoie notre Denis !

HENRI – Ce n'est pas surprenant qu'on vous envoie des soldats qui connaissent le terrain.

LE BARON – Monsieur de Belgarde vient de se présenter avec son ordre de mission, puis il m'a dit, sachant les liens d'affection qui nous unissent, que tu faisais partie de sa compagnie. J'espère que vous resterez au château.

HENRI – Le temps nécessaire pour arrêter Philippe Guilleri.

MONTREZEAU – Alors ce ne sera pas un long séjour !

HENRI – Et pourquoi donc ?

PONTGUERIN – Philippe Guilleri, dans sa folle impudence, nous a donné rendez-vous pour une prétendue fête qu'il organise. Elle aura lieu demain à Chauché.

DENIS – Et vous croyez qu'il y sera ?

CATHERINE – J'en suis sûre !

Scène 5 : Simon, Henri, Denis, Catherine, Montrezeau, Pontguérin, le Baron.

(Simon entre au fond.)

SIMON – Monsieur le Baron, des moines franciscains demandent l'hospitalité pour la nuit.

LE BARON – Je vais les recevoir. *(Simon sort.)*

PONTGUERIN – Monsieur de La Roussière, vous avez des invités, permettez-moi de prendre congé.

MONTREZEAU – Vous avez raison Pontguérin. *(Au baron)* Je vous laisse à la joie des retrouvailles. *(Ils s'approchent de Catherine pour un baise main, l'un à droite, l'autre à gauche.)* Mademoiselle, je serais le plus heureux des hommes si vous consentiez …

PONTGUERIN – …à m'épouser.

CATHERINE – Monsieur de Montrezeau …. Monsieur de Pontguérin…. J'ai choisi !

DENIS *(effrayé)* – Ah !

CATHERINE – J'ai choisi de me marier avec... personne.

(Les deux barons sont déçus.)

LE BARON *(irrité)* – Insolente ! Ne vous fâchez pas mes amis, vous serez toujours les bienvenus au château. *(Plus bas)* Quant à ma fille, je m'efforce, avec mon épouse, de la convaincre de se montrer plus adulte. *(Ils se tournent vers elle pour lui adresser un sourire et Catherine leur tire la langue)* Je vous raccompagne. *(Ils sortent par le fond)*

<u>Scène 6 : Catherine, Henri, Denis.</u>

CATHERINE – Monsieur de Belgarde, je suis heureuse de vous connaître. Denis semble avoir beaucoup d'admiration pour vous. Et moi je serai votre amie tant que vous l'empêcherez de faire le glorieux. Savez-vous qu'il était un enfant imprudent et irréfléchi ?

DENIS – Non, il ne le savait pas. Mais maintenant il sait que mademoiselle de La Roussière jacasse comme une pie.

CATHERINE – Je vous laisse avec ce malappris Monsieur le Capitaine. *(Elle sort à droite.)*

HENRI – Et bien, quel caractère ! Tu es sûr d'en vouloir pour femme ?

DENIS – Que veux-tu, je l'aimais déjà à treize ans ! Catherine était ma complice dans les bêtises que j'inventais, et ma compagne dans les punitions que nous recevions.

HENRI – Si je devais épouser toutes les filles avec qui j'ai fait des bêtises ...

DENIS – En grandissant l'amour s'est affirmé. Il est devenu si vif, si pressant, que pour ne pas trahir la confiance de Monsieur de La Roussière, je suis parti à Paris m'enrôler chez les cadets. Pendant deux ans, loin d'elle, j'ai eu le temps de réfléchir à mes sentiments. Je n'imagine plus pouvoir vivre sans Catherine.

HENRI – Bon, voici qui est clair. Alors dis-le-lui !

DENIS – Ce n'est pas si facile !

HENRI – C'est simple au contraire ! Regarde-moi, tu lui dis *(détachant chaque syllabe comme si Denis devait lire sur les lèvres)* je - t'ai - me.

DENIS – Peuh !

HENRI – Tu as peur de la réponse.

DENIS – Peur moi ? Je suis un mousquetaire. Je n'ai peur de rien.

HENRI – Un mot dur de la femme aimée, blesse plus sûrement qu'un coup d'épée.

DENIS – Je n'y pense même pas !

HENRI – Sa réponse te tourmente déjà ! Tu trembles avant l'assaut ! Tout le monde y passe, je connais ça !

DENIS – Tu as eu peur, toi ? !

HENRI – Eh oui ! Mais j'ai toujours retrouvé mes nerfs en montant à l'assaut. Crois-moi, dis-lui que tu l'aimes et qu'on n'en parle plus !

DENIS – Dit comme cela, ça paraît simple. Mais face à Catherine ...

HENRI – Trêve de bavardage, mon ami. Rejoignons les Cadets du Poitou. *(Ils sortent au fond.)*

<u>Scène 7 : Guilleri et sa bande, le Baron et la Baronne.</u>

(Les moines entrent, la tête couverte par la capuche de leur vêtement.)

FRERE CHARLES – Dieu vous bénisse pour votre hospitalité.

LE BARON – Merci mon frère

LA BARONNE – Il faut nous efforcer d'être charitable pour l'amour de Dieu.

F CHARLES – Je suis le prieur Charles. Mes compagnons et moi revenons de Rome et nous sommes heureux de dormir cette nuit sous un toit véritablement chrétien. Cela nous changera de la belle étoile. Même si les étoiles sont créatures de Dieu et infiniment respectables.

LE BARON – Il vous arrive de coucher dehors ?

F CHARLES – Comme tout pèlerin ! Les aléas du voyage ne nous permettent pas toujours de rejoindre l'auberge de l'étape, il faut alors se contenter du pied d'un arbre.

LA BARONNE – Mon frère, notre hospitalité est totalement désintéressée, cependant ...

F CHARLES – Nous nous contenterons de peu et nous paierons le pain …

LA BARONNE – Il ne s'agit pas de cela. Gardez votre argent. *(Une hésitation)* Voilà, accepteriez-vous de nous rendre un service ?

F CHARLES – Bien volontiers.

LA BARONNE – Voulez-vous parler à notre fille. Elle a seize ans et refuse d'entendre parler du moindre projet de mariage.

LE BARON – Ce ne sont pourtant pas les prétendants qui manquent !

LA BARONNE – Vous saurez peut-être mieux que nous trouver les mots qu'il faut pour la convaincre.

LE BARON – Nous l'avons trop instruit ! Voilà ce que c'est que d'apprendre à lire aux jeunes filles, elles se farcissent la tête avec des romans de chevalerie ! Et à l'âge de se marier, elles veulent Roland ou Lancelot … Vous en connaissez beaucoup des chevaliers qui combattent des monstres ou qui découpent des montagnes à coups d'épée ?

F. CHARLES *(compréhensif)* – Ah les enfants ! Eh bien, je vous rendrai ce service avec joie.

LA BARONNE – Je vous l'envoie tout de suite mon frère.

F. CHARLES – Je lui parlerai dès que j'aurai organisé le service de la prière du soir.

LE BARON – Nous vous laissons mon frère. *(Ils sortent à gauche.)*

<u>Scène 8 : Guilleri et sa bande.</u>

(Les bandits enlèvent la capuche qui les masquait.)

LA FICELLE – Alors capitaine quand est-ce qu'on les plume ?

NAU – Combien de temps allons-nous jouer aux moines ?

GUILLERI – Patience ! Demain nous aurons le champ libre.

BREJON – S'ils partent à Chauché. Ce n'est pas encore sûr.

MINOTAURE – S'ils ne partent pas … tant pis pour eux ! J'en ferai de la viande froide !

GUILLERI – Calme-toi Minotaure, nous sommes dans le beau monde, je ne veux pas de scandale ! *(Ils rient.)*

LA JAPETTE – Que devons-nous faire en attendant demain ?

GUILLERI – Ne bougez pas de la salle où vous serez installés. Ne traînez ni dans les escaliers, ni dans la cour, ni sur les remparts ! Un rien nous trahirait ! Toi, Beau Merle, que je ne te prenne pas à conter fleurette avec une servante ! *(Arrachant le poignard dont la garde dépassait de la manche de la robe de Bréjon)* Cache ce couteau, Bréjon ! Comprenez bien, vous devez passer pour des moines et quand bien même le moine Rabelais, lui, ne se privait pas de dire des grossièretés, je vous défends tous de l'ouvrir devant qui que ce soit !

MINOTAURE – Qui c'est ce Rabelais !

LA JAPETTE – Sûrement ton père puisque tu l'connais pas ! *(rires des autres.)*

(Minotaure bondit sur elle pour lui casser la figure, mais les autres s'interposent et le retiennent.)

MINOTAURE – Catin ! Sorcière ! Viens-là que je t'arrache la langue !

LA JAPETTE – Gros lard ! T'auras pas touché un seul de mes cheveux que j't'aurai planté mon couteau dans les tripes.

GUILLERI *(menaçant)* – Fermez-la ! C'est exactement ce que je veux éviter !

LA FICELLE – Ne vous inquiétez pas capitaine, vous serez obéi.

GUILLERI – Vous savez tous ce qu'il en coûte de désobéir aux ordres !

(Il regarde Minotaure et La Japette qui baissent la tête en faisant signe qu'ils ont compris la menace.)

NAU – Nous le savons.

GUILLERI – Alors installez-vous et si quelqu'un entre, faites semblant de prier. Je vais recevoir la mioche du Baron. En attendant mon retour, c'est La Ficelle qui donne les ordres ! Allez, hors de ma vue !

(Ils sortent par le fond. Guilleri se met à genoux comme pour prier.)

Scène 9 : Guilleri et Catherine

CATHERINE *(entrant)* – Bonjour mon frère.

GUILLERI – Bonjour Mlle de La Roussière. *(à part)* Diable ! Le joli brin de fille ! *(Il se cache entièrement le visage avec la capuche de sa robe. Il se relève)*

CATHERINE – On me dit que vous désirez me parler.

GUILLERI – Vos parents.

CATHERINE *(froidement)* – Je vois.

GUILLERI *(onctueux)* – Vraiment ? *(à part)* Il va falloir jouer serré !

CATHERINE – Je serais bien sotte de ne pas comprendre !

GUILLERI – Vous m'étonnez, votre père m'a assuré ne vous en avoir jamais parlé !

CATHERINE – Hélas mon frère, vous êtes le jouet de leur machination. Mes parents se sont mis en tête de me marier rapidement. Ma mère fait le siège de ma chambre et envoie à l'assaut toutes les troupes qu'elle trouve pour me faire plier : M. de Pontguérin et M. de Montrezeau, Constance, ma chambrière, et vous enfin. Les soupirants, la confidente et l'Eglise !

GUILLERI – Ce dont j'ai à vous parler a en effet un rapport avec cette préoccupation de vos parents.

CATHERINE – Alors inutile de continuer cette conversation. Je ne céderai pas.

GUILLERI *(encourageant)* – Evidemment ! Vous avez raison !

CATHERINE - Pardon ?

GUILLERI *(à part)* – Ah ! La voilà ferrée, la mignonne. *(Catherine tourne le dos à Guilleri qui la détaille des pieds à la tête, en s'arrêtant au derrière)* Oui, vous avez mieux à faire que de vous marier. Vous avez un beau… *(Elle se retourne)* … un bel esprit. Ce serait dommage de gâcher une intelligence pareille dans des travaux de broderie.

CATHERINE – Vous vous moquez !

GUILLERI – Jamais ! Tout indique chez vous la subtilité. Vous avez une inclinaison naturelle pour l'étude, la science et les livres. D'ailleurs ne me répondez-vous pas de manière fort pertinente ?

CATHERINE – Je suis heureuse que vous le remarquiez !

GUILLERI – Vos arguments, ne sont-ils pas irréfutables lorsque vous refusez d'être mariée contre votre volonté ?

CATHERINE – Bien sûr !

GUILLERI – N'avez-vous pas raison de chasser un avenir pour lequel vous n'êtes pas préparée et, au contraire, d'aimer lire quand votre nature, créée et voulue par Dieu, vous y pousse d'une manière si puissante ?

CATHERINE – Oui, mille fois oui !

GUILLERI – Enfin, ma sœur, vos paroles ne procèdent-elles pas uniquement de la logique et du raisonnable ?

CATHERINE – Ah ! Mon frère, quel bonheur de vous entendre ! Que ne le dites-vous pas à mes parents ! ? Je vous crois capable de les convaincre.

GUILLERI – C'est ce que j'ai fait !

CATHERINE – C'est vrai ?

GUILLERI – Allons donc ! Se marier quand on ne le veut pas, quelle stupidité !

CATHERINE – Vous me l'ôtez de la bouche !

GUILLERI *(à part)* – Dieu quel beau poisson ! Je n'ai plus qu'à le tirer de l'eau. *(Tout haut)* Croyez-moi, j'ai convaincu votre père très rapidement, mais ce fut plus long pour votre mère.

CATHERINE – Cela ne m'étonne pas.

GUILLERI – D'abord Je les ai sermonnés assez sévèrement, je dois l'avouer.

CATHERINE – Ce n'est rien, ils s'en remettront.

GUILLERI – Votre père a voulu argumenter, le pauvre ! Argumenter contre un maître en rhétorique, je vous le demande ! ?

CATHERINE – Pour qui se prend-il ! Savez-vous que je sais mon latin et mon grec mieux que lui ?

GUILLERI – Il s'est trouvé à bout d'arguments en deux répliques.

CATHERINE – Vous l'avez mouché comme il le fallait, j'en suis sûre.

GUILLERI – Puis votre mère a tenté de me corrompre avec des larmes, mais je n'ai pas faibli.

CATHERINE – Vous avez bien vu son jeu.

GUILLERI – Le fait est que maintenant ils ne vous ennuieront plus avec leurs projets de mariage.

CATHERINE – Merci mon frère. Mais alors de quoi souhaitez-vous me parler ?

GUILLERI – Du couvent dans lequel vous finirez vos jours.

CATHERINE – Mon Dieu !

GUILLERI – Qu'avez-vous Mademoiselle ? Oh ! Que je suis maladroit ! J'aurais dû prendre plus de précautions pour vous annoncer un tel bonheur. Asseyez-vous, vous êtes si pâle !

CATHERINE – Je suis perdue ! *(Elle s'assoit dans un fauteuil.)*

Scène 10 : Constance, le Baron et la Baronne, Catherine et Guilleri.

(Constance, le Baron et la Baronne entrent. Constance va près de Catherine.)

GUILLERI – Quelle affaire ! Je n'en reviens pas ! Je l'ai admonestée en toute charité chrétienne. Elle a écouté sans rien dire. De temps en temps, elle hochait la tête, paraissant me donner raison en tout, quand soudain, elle a pâli et elle est tombée. Quelle sensibilité ! Soyez prudents ! Ne la contrariez pas, elle perdrait l'esprit tout à fait ! Si vous le souhaitez, je connais un couvent qui traite radicalement ce genre de maux affectifs.

LA BARONNE – Mon Dieu, qu'avons-nous fait ? *(Le baron et la baronne s'approchent de leur fille.)*

GUILLERI – *(à part)* Si la méprise est découverte je vais devoir courir vite. Tant pis pour les autres, j'irai les voir pendre. Mais si le coup réussit…

LE BARON – Nous avons fait une erreur Catherine, nous te promettons de ne plus t'ennuyer, mais pour l'amour du Ciel reprends-toi !

CATHERINE – Ah ! Papa, mon cher père ! Comme je regrette, je ne pensais pas que vous iriez jusque-là.

LA BARONNE – Pardon mon enfant, j'ai été un peu vive tout à l'heure. Mais tout cela est terminé. Frère Charles vient de nous convaincre de te laisser en paix.

CATHERINE *(Reprenant des forces)* – Jamais ! Vous m'entendez ! Jamais je ne vous laisserai faire !

LE BARON – Calme-toi ma petite ! Puisque je te dis que nous sommes d'accord avec toi.

LA BARONNE – Mais oui Catherine : plus de mariage, fini le mariage !

CATHERINE – Misérables ! Vous voulez m'enfermer ? Me faire taire ? Ne me touchez pas ou bien je vous maudis !

CONSTANCE – Qu'avez-vous Mademoiselle ? N'est-ce pas ce que vous vouliez ?

CATHERINE – Va au diable toi, tu es de la conspiration, je le vois bien !

GUILLERI *(se signant)* – Pauvre enfant !

LA BARONNE – Catherine, je t'en supplie, assieds-toi, et écoute. Nous avons eu tort de te brusquer. Nous ne t'ennuierons plus. Calme-toi, tu es si bouleversée ... Tu as besoin de repos. Frère Charles nous a gentiment indiqué un couvent qui ...

CATHERINE *(hurlant)* – Non ! Non et non !

(Ses parents s'approchent, elle recule, ils la saisissent doucement elle se débat vivement. Alors son père la secoue une fois vigoureusement.)

LE BARON – Il suffit. Tu vas commencer par baisser d'un ton et aller te reposer dans ta chambre.

CATHERINE – Plutôt mourir !

LE BARON – Cette fois tu passes les bornes ! *(Il l'empoigne et la tire jusqu'à sa chambre où il l'enferme.)* Tu ne sortiras de là qu'une fois revenue à la raison.

CATHERINE *(pleurant)* – Pitié ! Pitié !

GUILLERI – Sœur Catherine ?

CATHERINE – Fichez le camp !

GUILLERI – Le couvent des Clarisses à Nantes, vous fera le plus grand bien à l'esprit.

LA BARONNE – Merci pour elle, Frère Charles.

    GUILLERI – Oh ! Madame, c'est un tel plaisir de vous rendre service.

ACTE II

Scène 1 : Henri, Denis, le Baron de la Roussière

LE BARON – Mon pauvre Denis, je suis navré de te décevoir. J'ai interdit à Catherine de sortir de sa chambre jusqu'à ce qu'elle explique sa conduite inqualifiable et qu'elle nous présente des excuses.

DENIS – N'y a-t-il pas moyen de vous adoucir, Monsieur de La Roussière ?

LE BARON – Je serai inflexible. Notre fille nous a maudits ! Nous souhaiter du mal, à nous, ses parents, alors que nous lui offrions ce qu'elle demandait depuis des mois ! De qui se moque-t-elle ? *(Denis essaie de parler.)* Non, non, non, il n'y a rien à ajouter ! Catherine est une capricieuse, elle a ce qu'elle mérite. Elle restera dans sa chambre et ne verra personne aujourd'hui !

DENIS *(dépité)* – Ah

LE BARON – Allons ! Ne fais pas cette tête de carême mon petit ! Tu la verras une autre fois, quand elle aura appris à être aimable. Tu es parti deux ans, tu peux patienter un jour ou deux.

DENIS – J'avais à lui dire une chose importante.

LE BARON – Ventredieu ! Tu as la mine d'un amoureux accablé par le sort ! Catherine aurait-elle suscité un nouveau prétendant ?

DENIS – Et bien oui, mon vœu le plus cher est de l'épouser. Mais avant de vous demander sa main, je voulais connaître ses sentiments pour moi.

LE BARON – Crois-moi, Denis, ce n'est pas le moment !

HENRI – Tu lui parleras ce soir, quand la mission sera terminée. Oublierais-tu déjà, que nous avons rendez-vous avec Guilleri ?

DENIS – Les hommes n'attendent que le signal pour partir.

(Simon entre au fond.)

SIMON – Mrs les barons de Montrezeau et de Pontguérin sont arrivés dans la cour du château.

LE BARON – Merci Simon. *(Simon se retire.)* A tout de suite mes amis. *(Il sort au fond.)*

Scène 2 : Denis – Henri.

DENIS – C'est trop bête ! Je m'étais préparé, j'avais cherché les mots justes pour dire mon amour. J'avais puisé au fond de moi le courage nécessaire. J'arrivais plein d'allant, sûr de mon cœur et l'esprit clair. Ce stupide incident vient tout gâcher. L'élan est brisé et je sens que ce soir ou demain j'y verrai moins clair dans mes sentiments.

HENRI – Allons donc ! Tu l'aimes oui ou non ?

DENIS – Je crois …

HENRI – Ce n'est pas une réponse, Sangdieu !

DENIS – Comment être sûr que ce qui est au fond de mon cœur c'est de l'amour ?

HENRI – Et quoi d'autre ? Du vin de messe ?

DENIS – Ne te moque pas ! Comment reconnaître ce qu'on n'a jamais connu ? Comment ne pas confondre l'amour avec l'amitié, le désir, ou l'égoïsme ?

HENRI – Ah Denis, on ne lit pas dans son âme comme dans un livre ! Et il est plus facile de lire le cœur d'un autre que le sien. L'eau qui y coule est trouble, parfois sale. Est-ce une raison pour ne pas aimer ? Aime mon ami ! Et accepte de ne pas voir clair en toi. Ne te cache plus derrière tes doutes. Parle à Catherine. Ecoute, je vais t'aider. Je retiens M. de La Roussière près de Montrezeau et Pontguérin. Tu as quelques minutes pour agir à ta guise.

DENIS – Agir ?

HENRI *(montrant d'un signe de la tête la porte de la chambre de Catherine)* – Agir ! *(Il s'éloigne.)*

DENIS *(Regardant la porte puis Henri)* – Mais non ! Reste !

HENRI *(Il éclate de rire)* – Courage Denis ! *(Il sort au fond.)*

<u>Scène 3 : Denis - Catherine</u>

DENIS – Ah le traître ! *(silence)* Bon ! ... *(Il soupire. Il s'approche de la porte de la chambre de Catherine.)* Catherine ! Catherine, tu m'entends ?

CATHERINE – Denis ?

DENIS – Oui. Je viens te parler, malgré l'interdiction de ton père.

CATHERINE – Oh ! Denis ! Tu as toujours fait des bêtises au château, c'est normal que tu reprennes tes vilaines habitudes ! Allez, ouvre-moi !

DENIS – Ne te moque pas. Je n'aime pas désobéir à ton père.

CATHERINE – Ouvre-moi Denis !

DENIS – Il me l'a interdit.

CATHERINE – S'il te plaît, Denis ! ... Je t'en supplie, mon Denis !

DENIS – Ah ! Catherine ! Arrête ! Je n'ai pas beaucoup de temps, ton père va revenir et il faut que je te parle sérieusement.

CATHERINE – Et bien moi je ne t'écoute pas si tu ne m'ouvres pas ! Et toc !

DENIS – Quelle peste !

CATHERINE *(Sur l'air de Compagnon de la Marjolaine)* –
    Qui a peur du Baron d'La Grève ?
    Qui tremble et détale comme un lièvre ?
    Qui a peur du Baron d'La Grève ?
    C'est ... ? C'est ... ? Denis de Sèvres !

DENIS *(riant malgré lui)* – Assez Mlle l'impertinente ! Le lièvre va délivrer la petite dinde... A une condition. Promets-moi de retourner dans ton poulailler avant que ton père ne revienne.

CATHERINE – Promis. *(Il ouvre en poussant le verrou.)* Merci ! *(Elle lui saute au cou.)* Tu es un chou!

DENIS – Une belle andouille, oui ! Si ton père nous surprend, tu resteras dans ta chambre plus longtemps que prévu. On peut dire que tu les as salement fâchés, tes parents !

CATHERINE – Que m'importe ! Tu connais leur dernière lubie ?

DENIS – Ils veulent te faire porter le joli voile de la mariée.

CATHERINE – Ou celui de la religieuse.

DENIS – Où vas-tu chercher une idée pareille ?

CATHERINE – Hélas c'est la vérité !

DENIS – C'est étrange ! Il ne m'a rien dit de tel tout à l'heure.

CATHERINE – Il espère sans doute me faire plier à l'un ou l'autre de ses projets de mariage. Mais ce que tu dis me rend l'espoir. Si mon père n'ose pas dire publiquement qu'il veut me cloîtrer, c'est qu'il n'y est pas franchement décidé. Je peux encore retourner la situation en ma faveur.

DENIS – Catherine, le temps passe, ton père va revenir et je ne t'ai toujours pas dit.

CATHERINE – Il a déjà cédé, il cédera encore !

DENIS – Ecoute-moi, je t'en supplie !

CATHERINE – Et bien quoi ? Qu'as-tu tout d'un coup ?

DENIS *(gauche)* – Catherine… je t'aime.

CATHERINE *(décontenancée)* – Euh …Bien sûr ! Moi aussi, je t'aime bien…

DENIS *(maladroit)* – Je veux être ton mari… Enfin, si tu veux.

CATHERINE *(brusquement, troublée)* – Ce n'est pas possible ! Il ne faut pas ! Nous sommes comme frère et sœur...

DENIS – Non, je ne t'ai jamais considérée comme ma sœur. Comme une amie autrefois, avant que je ne parte. Aujourd'hui, c'est différent ...

CATHERINE *(contrariée et émue)* – Tais-toi, je ne veux pas t'entendre !

DENIS – Je devais te l'avouer avant qu'il ne soit trop tard ! Avant que tu ne sois mariée à un autre.

CATHERINE *(en larmes et en colère)* – Rien du tout ! Va-t'en ! Tu gâches tout ! Tu es comme les autres, à m'accabler de vos affaires d'amour, de mariage, vos idées de vieux ! Je ne veux pas me marier ! Je suis ... Je suis trop ... Ce n'est pas le moment ! Voilà ! *(De plus en plus énervée)* Je n' veux pas ! Est-ce que tu comprends cela ? Je - ne - veux - pas - que - tu - m'aimes !

DENIS *(ému)* – Je ne t'en parlerai plus.

CATHERINE *(pleurant, mais calmée)* – Restons amis Denis ! Je ne veux pas autre chose.

DENIS – Mon amitié, tu la possèdes depuis toujours. Depuis le jour où j'ai posé le pied au château de La Grève.

CATHERINE *(douloureusement)* – Denis ...

DENIS – N'ajoute rien, tu as tout dit. Retourne dans ta chambre, j'entends ton père qui vient.

(Elle entre, il ferme la porte, repousse le verrou. Puis il prend une contenance.)

Scène 4 : Henri, Denis, le Baron, Montrezeau et Pontguérin entrant au fond.

HENRI – Monsieur le Baron, je ne crois pas que nous trouvions ce bandit de Guilleri à Chauché, mais je n'ai pas le droit de négliger cette piste. Car s'il avait l'inconscience de s'y trouver, comme il l'a annoncé publiquement, on me reprocherait de ne pas y être.

LE BARON – Guilleri n'y sera pas, il n'est pas fou !

MONTREZEAU – C'est à voir !

PONTGUERIN – Bonjour M. de Sèvres

DENIS – Bonjour messieurs.

PONTGUERIN – Nous venons proposer notre aide au capitaine de Belgarde s'il l'accepte.

HENRI – Merci. J'apprécie votre soutien.

MONTREZEAU – Je prends le pari que Guilleri, gonflé d'orgueil par ses succès, viendra fanfaronner là où il l'a dit.

HENRI – Messieurs, nous voilà obligés de vérifier. Je vous invite à partir tout de suite si nous voulons être de retour avant la nuit.

Scène 5 : les mêmes et Guilleri

GUILLERI – Bonjour messieurs.

LE BARON – Mon Frère ! Avez-vous bien dormi ?

GUILLERI – Fort mal, M. le Baron, j'ai pensé à votre fille une bonne partie de la nuit...

LE BARON – Cessez de vous tourmenter. Vous n'y êtes pour rien si ma fille a l'esprit de contradiction. Laissez-moi vous présenter M. de Belgarde, M. de Montrezeau, M. de Pontguérin et M. de Sèvres qui allaient nous quitter. Frère Charles.

GUILLERI – De si bonne heure ? Ne venez-vous pas d'arriver ?

MONTREZEAU – En effet, mon frère, nous accompagnons le Capitaine de Belgarde à Chauché où nous espérons arrêter Philippe Guilleri, un coquin qui mérite la corde.

GUILLERI – Mon Dieu ! Ce n'est pas trop dangereux au moins ?

DENIS – Soyez rassuré Frère Charles, nous sommes entraînés à nous battre à l'épée, au poignard et au mousquet. Si nous trouvons Guilleri, le danger sera pour lui !

GUILLERI – Pensez-vous que mes frères et moi, nous puissions reprendre la route sans courir de risques ?

PONTGUERIN – Et si nous vous escortions jusqu'à Chauché ?

GUILLERI – Noble intention ! Hélas je n'ai pas le droit de vous retarder. Mais laissez-moi vous bénir avant que vous ne partiez. Ce ne sera pas de trop avant la bataille ! Une bonne bénédiction vous garantit de trouver les portes du Paradis ouvertes si ce soir vous rejoignez notre Seigneur.

MONTREZEAU *(un genou à terre, les autres l'imitent)* – Eh bien soit. Faites, mon frère. *(Guilleri les bénit d'un signe de croix. Ils se relèvent.)* Palsambleu ! J'espère tout de même revenir sain et sauf !

PONTGUERIN – Ressaisissez-vous M. de Sèvres, vous êtes blanc comme un linceul ! Votre baptême du feu n'est sûrement pas pour aujourd'hui. Quelques pendards à débusquer, cela ressemble plus à la chasse qu'à la guerre.

HENRI – Ne vous inquiétez pas pour lui, M. de Pontguérin ! Le sang afflue aux joues de mes hommes dès que l'épée est tirée. A cheval ! *(Les Barons sortent. Guilleri fait semblant de prier.)* Elle t'a dit non ?

DENIS – On nous attend Capitaine. *(Il sort.)*

HENRI *(ennuyé)* – Aïe Aïe Aïe ! *(Il sort.)*

<u>Scène 6 : Guilleri et Catherine.</u>

(Guilleri enlève sa robe de moine et la cache dans un coffre. Il ouvre la porte de la chambre de Catherine en poussant le verrou, il fait signe de venir et de garder le silence.)

CATHERINE – Qui êtes-vous ? Est-ce mon père ...

GUILLERI – Taisez-vous ! *(Il vérifie que personne ne revient.)*

CATHERINE – Qui êtes-vous ? Répondez !

GUILLERI – Que vous importe mon nom. *(Il vérifie encore.)*

CATHERINE – Que voulez-vous ?

GUILLERI *(revenant à elle)* – Vous sauver.

CATHERINE *(incrédule)* – De quoi donc, je vous prie ?

GUILLERI – J'ai croisé des moines ce matin sur le chemin de Nantes. Le prieur Charles, ce nom vous est familier ?

CATHERINE – Mon Dieu oui !

GUILLERI – Ce moine m'a raconté votre mésaventure et, n'écoutant que mon cœur, je n'ai pas hésité une seconde à venir vous secourir. *(Mettant un genou à terre)* Mademoiselle, vous courez un grand danger ! Je sais qu'on veut vous enfermer dans un couvent contre votre volonté. Et quel couvent ! Le plus humide, le plus froid, le plus dur de la région. *(Il vérifie encore.)*

CATHERINE – C'est donc bien vrai ? Je vis un cauchemar !

GUILLERI *(revenant à elle)* – Si vous vous laissez faire, vous serez bientôt au pain sec et à l'eau, dans une chapelle sombre où ne résonneront que les cantiques et vos sanglots. Vous userez votre corps dans les cuisines de l'abbaye, les lessives pour vos consœurs, le travail aux champs, ces labeurs qui ne sont pas de votre condition. Votre caractère aigrira à force de ressasser les souvenirs des temps heureux. Mais le plus terrible, ce qui achèvera de vous briser, c'est le lâche abandon de vos parents.

CATHERINE – Non ! Et les livres ? Frère Charles m'a parlé d'un couvent où les religieuses lisent et étudient !

GUILLERI *(ennuyé)* – Vous pourrez vous consacrer à la lecture, *(trouvant une parade)* mais pas avant la dixième année de vos vœux, comme en ont le droit les plus vieilles religieuses, celles qui n'ont plus la force de travailler. Du moins, si vos yeux peuvent encore lire, et si la plume ne tremble pas trop entre vos mains épaisses et gourdes d'avoir tenu dix ans, la charrue, la fourche, la marmite et tous les instruments de paysans et des gens de maison.

CATHERINE – Mes parents ne peuvent pas vouloir cela ! Ils ne sont pas fâchés à ce point ? Dire que j'espérais les fléchir, il y a quelques instants encore. Oh ! Mes parents ! Quelle affreuse vengeance exercez-vous contre moi !

GUILLERI – Je vous ai dit la vérité. Le moine ne m'a pas menti, *(ricanant)* on ne ment pas quand on a la lame d'une épée sous la gorge.

CATHERINE – Mais qui êtes-vous pour menacer ainsi un moine ?

GUILLERI *(Vérifiant que personne n'arrive)* – Puisque vous tenez à le savoir, et je prie Dieu que nous n'ayons jamais à le regretter tous les deux, *(saluant)* Philippe Guilleri...

CATHERINE *(effrayée)* – Guilleri !

GUILLERI – Pour vous servir Mademoiselle. *(Elle tente de fuir par le fond. Guilleri la retient au passage.)* Ne me trahissez pas ! Moi qui viens vous libérer, moi qui ai pris des risques insensés pour voler ... à votre secours !

CATHERINE – Qu'avez-vous fait de mon père ?

GUILLERI – Il me prend pour un marchand en chemin pour Bordeaux. Soyez tranquille, je ne ferai de mal à personne. Je ne suis venu que pour vous. Vous, pauvre femme, enfermée dans une tour du château, sacrifiée sur l'autel des intérêts familiaux.

CATHERINE – Mais comment êtes-vous parvenu jusqu'ici sans vous faire remarquer ?

GUILLERI – Mes compagnons occupent vos parents, mais nous n'avons pas beaucoup de temps. Voulez-vous fuir l'horrible destin qui vous paraît promis ?

CATHERINE – Où irai-je ? Oh ! Je suis perdue. Perdue si je pars, perdue si je reste ! Je ne sais plus ce que je dois faire. Vous suivre ? Pour détrousser les bourgeois en votre compagnie ? Pour finir pendue ?

GUILLERI *(avec emphase)* – Mademoiselle, si je risque ma vie pour vous tirer de ce mauvais pas, à la barbe d'un officier royal, ce n'est pas pour vous abandonner une fois dehors ! Je n'aurai de cesse que vous soyez en sécurité, puis je partirai là où l'honneur et le devoir m'appelleront : d'autres injustices à pourfendre, d'autres scélérats à punir, des malheureux à soulager...

CATHERINE – Vous êtes formidable Monsieur ! Je vous suis reconnaissante d'avance de tout ce que vous faites pour moi. Comment ferez-vous ?

GUILLERI – Qui pourrait vous recueillir, le temps que vos parents reviennent à la raison ?

CATHERINE – Je n'ai pas de famille hors de ce château. Et d'ami, je n'ai que Denis de Sèvres qui vous pourchasse, et qui n'a pas d'endroit à lui pour m'accueillir.

GUILLERI – Cet ami est sûr ?

CATHERINE – Oh ! Le plus sûr !

GUILLERI – Alors, pour vous, j'irai le voir. Je lui dirai : « Monsieur de Sèvres, vous me cherchez ? Me voilà, Philippe Guilleri, bandit d'honneur, chevalier détrousseur ! »

CATHERINE – Vous ferez cela ? Mais il voudra vous tuer !

GUILLERI – Qu'importe ! Je le ferai. Ne rien tenter serait une lâcheté, une tache sur ma conscience. Du reste, l'éclat de vos yeux, votre grâce, les tendres sentiments que vous m'inspirez justifieraient toutes les audaces pour vous sauver... *(Il tente de lui prendre les mains, elle recule. Il se reprend.)* si le devoir n'y suffisait déjà.

CATHERINE – Monsieur, je ne croyais pas que tant de courage, de bonté, de désintéressement fussent possibles. J'en suis bouleversée. Vos paroles m'ont remuée plus que je ne saurais vous l'exprimer. Je sens que vous êtes un honnête homme et que vous n'usurpez pas le titre de chevalier.

GUILLERI – Merci ! « M. de Sèvres, lui dirai-je, avant de nous battre laissez-moi vous dire des nouvelles d'une amie que nous avons en commun ... » Me permettez-vous ?

CATHERINE – Oui Monsieur, nous sommes amis.

GUILLERI – A ce moment je crois que sa curiosité sera piquée ...

CATHERINE *(riant)* – Oh oui alors !

GUILLERI – Je lui montrerai un objet vous appartenant et qu'il connaît bien.

CATHERINE – Ce sera facile, j'ai dans ma chambre une poupée qu'il avait fabriquée pour mes dix ans.

GUILLERI – Je lui expliquerai pourquoi je vous ai cachée dans mon repaire et lui proposerai de vous rejoindre pour que vous puissiez trouver ensemble la solution à votre problème.

CATHERINE – C'est merveilleux, je vous dois la vie et la liberté monsieur !

GUILLERI – Notre plan n'a pas encore réussi. Retournez dans votre chambre. Je reviendrai quand le moment de notre fuite sera possible. N'éveillons pas les soupçons.

CATHERINE – Merci monsieur. *(Elle fait une révérence et entre dans sa chambre.)*

Scène 7: Guilleri et sa bande

(Les bandits entrent vêtus en moines.)

LA FICELLE – La compagnie des cadets est partie depuis une bonne heure maintenant. Quand passons nous aux choses sérieuses ?

GUILLERI – Enlevez vos robes et cachez-les dans le coffre. *(Ils le font.)*

BREJON *(sortant un poignard)* – On commence ?

GUILLERI – Le plan est changé ...

NAU – Nous ne volons plus le baron ?

GUILLERI – Et puis quoi encore !

LA JAPETTE – Et bien alors ?

GUILLERI – On enlève sa fille.

BEAU MERLE – Ouais ! On devrait enlever des filles à chaque coup !

GUILLERI – Gare à toi Beau Merle, la chasse est gardée ! Ecoutez bien, la fille du baron est une oie blanche. Elle nous prend pour d'honnêtes voleurs. *(Rires de la bande)* Elle nous croit chevaleresques. *(Ricanements)* Il faut qu'elle y croie jusqu'à ce que nous soyons sortis du château. Compris ?

TOUS – Compris !

GUILLERI *(Montrant la gauche)* – Bréjon, Nau ramassez les objets précieux que vous trouverez dans cette aile du château. Minotaure, amène-moi le baron et sa femme. La Japette et Beau Merle, occupez-vous des domestiques. Si on vous résiste, assommez. Mais surtout ne versez pas de sang. Exécution. *(Ils sortent au fond, sauf Bréjon et Nau qui partent à gauche.)*

<u>Scène 8 : Guilleri - La Ficelle</u>

GUILLERI *(réfléchissant)* – L'affaire n'est pas gagnée ! Si je pouvais être sûr de vous comme je le suis de moi-même. Hélas…

LA FICELLE – Nous pouvons voler, égorger, incendier, faire cracher son or à un marchand en lui mettant les pieds au feu ou en lui épluchant la peau. Mais nous faire passer pour des chevaliers … vous nous en demandez beaucoup !

GUILLERI – Il faut que vous réussissiez pourtant ! Cette petite nous rapportera en rançon, bien plus que tout l'or que nous avons volé ces derniers mois. Veux-tu y renoncer ?

LA FICELLE – Sûr que non alors ! Les autres non plus ! Seulement, je crois pas que les manières de Minotaure fassent illusion longtemps.

GUILLERI – Qu'il ne s'approche pas de Catherine !

LA FICELLE – Et puis vous connaissez La Japette, capitaine. Elle parle, elle parle, elle se saoule de mots et à la fin elle en dit trop.

GUILLERI – Qu'elle tienne sa langue. Je te charge de la surveiller. Empêche-la de nous trahir, tue-la discrètement si elle va trop loin !

LA FICELLE – Comptez sur moi, ce n'est pour rien qu'on m'appelle La Ficelle ! Et pour Beau Merle, qu'est-ce que je fais ? Allons, vous le connaissez mieux que moi, vous savez déjà ce qui va se passer ...

GUILLERI – Qu'il n'approche pas de la morveuse ! Dis-le-lui bien ! Il n'aura pas d'autre avertissement. A la première faute, je lui passerai ma rapière au travers du corps. La part du butin n'en sera que plus grosse pour les autres.

LA FICELLE – Je lui dirai Capitaine.

GUILLERI – Une fois à l'abri, nous laisserons le baron et la baronne se ronger les poings d'inquiétude. Puis, dans une semaine ou deux, nous demanderons une rançon.

LA FICELLE – Pourquoi attendre si longtemps ?

GUILLERI – Mon cher La Ficelle, j'ai bien l'intention de profiter de ma conquête ! Elle est niaise ? Eh bien je la déniaiserai ! C'est un service que je peux rendre sans contrepartie. Puis je leur renverrai leur sale peste le caquet rabaissé, le cul botté, et le devant honoré de Compère Guilleri. *(rires grossiers)* Voilà une histoire qui égaiera longtemps les veillées dans les chaumières : la fille du baron entichée du brigand le plus fameux du Poitou ! *(rires)*

LA FICELLE – De France Capitaine !

GUILLERI – Ça viendra un jour La Ficelle, ça viendra !

<u>Scène 9 : Guilleri, La Ficelle, Minotaure, le baron et la baronne.</u>

(Le baron entre, suivi de Minotaure qui tient la baronne par le bras, un poignard sous la gorge. Guilleri leur tourne le dos.)

LA FICELLE – Asseyez-vous M. de La Roussière *(Il présente un siège au baron, puis à la baronne.)* Madame ...

(Guilleri se retourne et bénit le baron d'un air goguenard.)

LE BARON – Frère Charles ?

GUILLERI – Philippe Guilleri, votre serviteur, M. de La Roussière. *(La baronne feint l'évanouissement.)*

LA FICELLE – Mme la baronne, vous n'avez rien à craindre. Il vous suffit de nous confier vos bijoux. *(à Minotaure)* Réveille-la !

(Il la pique de son poignard, elle pousse un cri et ouvre les yeux.)

LE BARON – Bandits !

LA FICELLE – En effet nous le sommes ! Je supplie encore une fois Madame de nous remettre ses bijoux. Si vous refusiez, M. Minotaure à votre gauche serait obligé de gronder un peu. Soyez raisonnable, aidez-nous à conserver nos bonnes manières.

LE BARON – Faites ce que l'on vous ordonne Anne.

LA BARONNE – Pierre ! Mes bijoux, ceux de mes parents, notre bien !

LE BARON – Notre vie vaut plus que cela ! Allez Anne.

(La baronne se lève et sort au fond suivie de Minotaure.)

<u>Scène 10 : Guilleri, La Ficelle, le Baron, La Japette, Simon, Viviane, Constance, Beau Merle, puis Nau, Bréjon, enfin : Minotaure et la Baronne.</u>

(La Japette, Beau-Merle et les domestiques entrent.)

GUILLERI – Entrez mes amis. *(Ils approchent.)*

BEAU MERLE – *(à Constance, en lui donnant une tape au derrière)* Avance mignonne ! *(Elle se retourne et lui flanque une gifle. La Japette éclate de rire.)*

LA FICELLE *(à part)* – J'ai oublié d'avertir ce nigaud de Beau-Merle ! Les ennuis commencent !

GUILLERI – Tu as ce que tu mérites Beau Merle. Veuillez pardonner à ce rustre sa muflerie. *(à Beau Merle à part)* Encore un coup comme celui-ci et tu ne sortiras pas vivant du château, je le jure.

BEAU MERLE – Je vais me tenir capitaine.

GUILLERI – Demande pardon à cette fille ... Débrouille-toi pour qu'elle y croie !

BEAU MERLE – Mademoiselle ... *(Il se met à genoux)* J'implore votre pardon. J'aurais pas dû, mais voyez-vous, je fus orphelin très tôt et personne m'a appris les façons avec les filles et ...

CONSTANCE – Ça suffit ! Les garçons de ton genre ont autant de parole qu'un arracheur de dents ! Et tes manières, tu les as apprises en regardant les porcs.

LA JAPETTE – Bien dit ! *(Elle rit.)* T'es qu'un gros porc prétentieux Beau Merle ! Tu causes bien, mais y a guère que de pauvres filles pas malignes, pour gober ton baratin.

LA FICELLE *(à part)* – Il faut qu'elle l'ouvre une fois de plus, celle-là !

GUILLERI – Boucle-la La Japette ! Mademoiselle, vous avez tort de ne pas pardonner à ce brave garçon ...

CONSTANCE – Mêlez-vous de ce qui vous regarde !

LE BARON – Que comptez-vous faire de nous ?

GUILLERI – J'ai d'abord pensé vous faire pendre pour vous punir de la méchante trahison que vous m'avez faite en appelant des mousquetaires ! Le Poitou est mon royaume et, à cause de vous, il est envahi par une force étrangère. Pourtant, j'ai changé d'avis. Cette fois, vous paierez seulement une amende. Nous quitterons le château dès que mes hommes auront pris vos bijoux et quelques bricoles. Mon repaire est bien établi, mais il manque de confort. J'ai envie d'un beau tapis sous mes pieds au lieu de terre battue !

LE BARON – Vous prenez les bijoux mais vous me laissez mon or ? *(ironique)* Pourquoi tant de bonté ?

GUILLERI – Je perdrais mon temps à vous faire parler et vous m'en donneriez si peu, vieil avare ! Je préfère vous le laisser pour une bonne action qui vous tiendra bientôt à cœur ...

LE BARON – De quoi parlez-vous ?

GUILLERI – Soyez patient ! C'est une surprise !

(Nau et Bréjon entrent à gauche chargés chacun d'un gros sac en toile de jute.)

NAU – Le travail est fait Capitaine. Les sacs attendent dans la cour.

LA FICELLE – La Japette et Beau Merle, aidez à charger tout ça sur les chevaux.

(Nau et Bréjon sortent au fond, Japette et Beau Merle sortent à gauche, Minotaure et la baronne arrivent du fond.)

MINOTAURE – Voilà les bijoux capitaine !

(La Ficelle lui prend le coffret.)

LA FICELLE – Enferme M. et Mme de La Roussière dans leur chambre. Et sois charmant avec ceux qui t'ont offert le gîte et le couvert !

(Minotaure les entraîne à gauche.)

Scène 11 : Guilleri, La Ficelle, Constance, Viviane, Simon.

GUILLERI *(ouvre le coffret et tire une broche, s'adresse à Constance, Viviane et Simon)* – N'ayez pas peur mes braves ! Nous sommes vos frères. Vous savez que Guilleri aime les pauvres gens. *(à Viviane)* Depuis le temps que vous travaillez pour les seigneurs du château, vous méritez une récompense. Tenez, je vous l'offre. *(Viviane n'ose ni prendre, ni bouger, ni parler.)* Allons prenez, la baronne n'en saura rien. *(Viviane prend la broche.) (à Constance)* Que puis-je vous offrir en dédommagement du tort que l'on vous a causé ?

CONSTANCE *(ironique)* – Donnez-moi le coffret !

GUILLERI – Vous êtes trop gourmande ou bien trop fière ! Croyez-vous que l'offense vaille ce prix-là ?

CONSTANCE – Me le donnez-vous, oui ou non ?

GUILLERI – Cette bague suffira à calmer vos douleurs d'amour propre. Et croyez-moi, c'est beaucoup d'argent pour un derrière de chambrière !

(Il tend la bague. Constance croise les bras pour la refuser.)

CONSTANCE – Vous me prenez pour ce que je ne suis pas !

GUILLERI *(à Simon, tendant la bague)* – La voulez-vous ?

SIMON *(impassible)* – Merci monsieur, vous êtes brave de ne vous attaquer qu'aux plus riches et le peuple vous sait gré de le laisser en paix. *(Il prend la bague)*.

<u>Scène 12 : les mêmes, Minotaure, La Japette, Beau Merle, Catherine</u>

(Minotaure, La Japette et Beau Merle reviennent.)

MINOTAURE – Les seigneurs sont bouclés.

LA JAPETTE – Les chevaux sont chargés. Capitaine nous ne devrions plus traîner. Notre chemin sera long, il ne faut pas prendre le risque de rencontrer la compagnie des cadets sur le retour.

GUILLERI – Je ne l'oublie pas.

LA FICELLE – Rejoignez Nau et Bréjon.

BEAU MERLE – On y va La Ficelle.

GUILLERI – Pas toi Beau Merle, garde la porte. La Ficelle, libère notre amie.

(La Japette, Minotaure et Beau Merle sortent au fond. La Ficelle pousse le verrou et ouvre la porte. Catherine sort.)

CONSTANCE – Mademoiselle, cet homme est …

CATHERINE – Je sais Constance. Ne t'inquiète pas pour moi.

GUILLERI – La voie est libre.

CATHERINE – Mes parents ?

GUILLERI – Hors d'eux-mêmes. Je n'ose pas répéter les mots terribles qu'ils ont eus pour vous.

CONSTANCE – Mais qu'est-ce qu'il raconte celui-là ?

(Guilleri fait un signe à La Ficelle pour qu'il fasse taire Constance. Il la prend par le bras et l'entraîne à droite vers la chambre de Catherine.)

CONSTANCE – Lâchez-moi ! Mademoiselle, je ne sais pas ce que ce brigand vous a dit ...

(La Ficelle lui met la main sur la bouche.)

CATHERINE – Je reviendrai Constance. Dis bien à mes parents qu'ils ne me cloîtreront pas.

(La Ficelle la fait entrer dans la chambre)

LA FICELLE *(à Viviane et Simon)* – Entrez, vous aussi !

(Ils sortent à droite, puis il ferme la porte.)

GUILLERI – Vous voyez, je ne vous ai pas menti, personne n'est blessé. Nous avons soulagé madame votre mère de ses bijoux. C'est là, le seul vrai dommage que nous avons causé à votre famille.

CATHERINE *(tristement)* – Ah !

GUILLERI – Eh quoi, nous sommes voleurs ! Réfléchissez, si je ne prends rien, tout le monde saura que je suis venu pour vous. Vous ne tenez pas, je suppose, à être compromise avec un homme dont le roi a décidé l'arrestation et la mort ?

CATHERINE – Monsieur, quoi qu'en pense le roi, malgré tous les mensonges colportés à votre endroit, ma réputation ne saurait être salie par notre amitié. Toutefois je ne peux m'empêcher de ressentir de la peine pour ma mère. Ses bijoux représentent tellement de souvenirs : son mariage et l'héritage de sa mère.

GUILLERI – Alors, ne soyez pas triste Mademoiselle, je renonce à vos souvenirs de famille.

CATHERINE *(Se jetant dans les bras de Guilleri)* – Merci Monsieur ! Dieu vous bénisse !

GUILLERI *(avec emphase)* - Après tout, le plaisir du vol est dans le geste et non dans l'objet. Je vole avec grâce et noblesse. J'ai plus de points communs avec l'aigle qu'avec le pendard. Qu'en pensez-vous ?

CATHERINE – C'est fin !

GUILLERI – Sans me vanter, je porte le vol au rang de l'art. Je suis l'enlumineur de la truanderie !

CATHERINE – Allons, Monsieur, sauvons-nous avant que M. de Belgarde ne revienne.

(Catherine sort, Guilleri fait signe à La Ficelle d'emporter les bijoux. La Ficelle sort.)

GUILLERI – Beau Merle !

(Il revient sur scène)

BEAU MERLE – Capitaine.

(Il le poignarde d'un coup de dague.)

GUILLERI – Je t'avais prévenu ! *(Il sort.)*

(Un temps. La lumière baisse. On entend des murmures puis le pas d'une course.)

<u>Scène 13 : le baron, la baronne, Henri, Denis, Constance, Simon, Viviane, Montrezeau et Pontguérin.</u>

LES VOIX des soldats de retour – Monsieur le baron, Monsieur le baron !

(Henri, Denis, Montrezeau et Pontguérin paraissent. Denis se penche sur Beau Merle.)

DENIS – Il est mort ! *(se relevant, appelant)* Monsieur de La Roussière ! Catherine !

VIVIANE – Au secours !

SIMON – Par ici Monsieur de Sèvres !

CONSTANCE – Dans la chambre de Mademoiselle !

TOUS LES TROIS – Au secours !

(Denis ouvre, les prisonniers entrent en scène.)

PONTGUERIN – Où sont M. et Mme de La Roussière ?

VIVIANE – Enfermés dans leur chambre.

MONTREZEAU – Je vais les rassurer. *(Il sort à gauche.)*

DENIS – Où est Catherine ?

CONSTANCE – Elle a suivi les bandits pour soit disant échapper au couvent.

DENIS – Elle a suivi Guilleri sachant qui il était ?

CONSTANCE – Oui monsieur.

SIMON – C'est la vérité, j'étais là et Viviane aussi.

VIVIANE – Je ne comprends pas comment cela est arrivé !

CONSTANCE – Nous ne savons pas non plus ce qu'ils ont fait des moines.

HENRI – Les moines et les brigands ne font qu'un ! Voici le message qui m'attendait, cloué contre la porte de l'église de Chauché.
« Faut-il que vous soyez sots
Ou nés de la dernière pluie
Pour venir donner l'assaut

Où et quand je vous le dis.
Je suis encore au château
Où je me sers à l'envi
Ne revenez pas trop tôt
Et vous resterez en vie ! »
C'est signé :
« Charles, moine équivoque,
Abbé de la plaisanterie,
Quand on soulève mon froc
On aperçoit Guilleri. »

DENIS – Un poème pour se foutre de nous ! Pourquoi pas une chanson !

CONSTANCE – Ce serait une chanson paillarde n'en doutez pas ! Aussi grossière que lui sous des allures inoffensives.

(M. et Mme de La Roussière entrent suivis de Montrezeau.)

LE BARON – Quelle humiliation ! Philippe Guilleri, accueilli au château et par l'homme qui a demandé sa tête au roi ! Toute la France va rire, à commencer par le ministre.

LA BARONNE – Ah messieurs ! Quelle journée épouvantable !

VIVIANE – Madame, le brigand nous a donné vos bijoux. Nous ne les avons acceptés que pour vous les rendre.

LA BARONNE – Merci Viviane, merci Simon. Votre honnêteté vous honore. Où est Catherine ?

HENRI – Guilleri l'a enlevée !

LA BARONNE *(pleurant)* – Mon enfant ! Non !

LE BARON *(se souvenant)* – La bonne action !

LA BARONNE *(entrecoupée de sanglots)* – C'est tout ce que vous trouvez à dire ? Catherine, n'est pas facile, certes, mais de là à se réjouir de son enlèvement

LE BARON – Vous n'y êtes pas Anne ! Guilleri m'a prévenu que j'aurai bientôt besoin de mon or pour une bonne action. Ce dont il parlait, c'est la rançon qu'il ne manquera pas de réclamer en échange de Catherine !

LA BARONNE – Mon Dieu !

LE BARON – Sacredieu ! Il ne pouvait trouver plus sûr moyen de me dépouiller ! Ah ! La misérable vermine ! S'il tombe entre mes mains ...

MONTREZEAU – Et dire que ce criminel nous a bénis !

PONTGUERIN – Et que nous lui avons offert notre protection. Il a du rire le pendard !

DENIS – Vous pouvez compter sur les cadets, M. le Baron. N'est-ce pas Henri ?

HENRI – Bien sûr ! Nous sommes venus avec une mission, nous ne repartirons que lorsque Guilleri sera pendu.

ACTE III

Scène 1 : Simon et Viviane.

(Ils plient des draps. Viviane soupire à chaque instant. Simon est agacé.)

SIMON – As-tu fini de soupirer de même ?

VIVIANE – Ah ! Quelle tristesse, mon Dieu, quelle tristesse !

SIMON – Oui, et bien ce n'est pas en faisant cette tête là que tu rendras le sourire à Mlle Catherine.

VIVIANE – Pauvre demoiselle ! *(Elle s'arrête subitement de plier, pendant qu'elle parle, Simon agite de temps à autre le drap pour la faire revenir au travail, mais elle ne s'en rend pas compte, tellement elle est prise par l'émotion de ses souvenirs.)* Quand elle est arrivée dans la cour du château, il y a quatre jours, tout le monde pleurait. Nous, on pleurait de joie avec ses parents, elle, elle pleurait de repentir. Elle suppliait à genoux qu'on lui pardonne ses fautes, mais M. le baron, tout à la joie de voir revenir sa fille saine et sauve, ne l'a pas punie. Bien au contraire, il l'embrassait, il l'étouffait dans ses bras, comme le père de l'enfant prodigue dans la parabole de l'Evangile.

SIMON – Eh Oh ! Sainte Viviane ! On le plie ce drap ou on attend la résurrection ?

(Elle hausse les épaules et reprend le pliage.)

VIVIANE – Les jours suivants, le château respirait du bonheur des retrouvailles. Madame et Mademoiselle ne s'étaient jamais entendues comme cela. *(Elle arrête de nouveau le pliage.)* Elles jacassaient à n'en plus finir, et v'là-t-y pas que je rigole, et v'là-t-y pas que je t'embrasse *(Elle fait des gestes de câlins et de baisers)*. Et puis hier soudain, …ah ! Quelle tristesse !

SIMON – Et bien moi je dis que M. le baron est beaucoup trop gentil avec Mademoiselle. Elle méritait une paire de claques, ensuite seulement, il aurait pu l'embrasser... mais pas trop.

VIVIANE – Tu as un cœur de lion Simon. Après ce qu'elle a dû vivre !

SIMON – Ben voyons ! Mademoiselle fiche le camp du château avec un gredin qui dépouille ses parents. Puis elle fait seule un voyage de trois semaines, pour finalement revenir une fois l'argent dépensé. Et au retour, au lieu d'être punie, elle est fêtée : Alléluia ! Tuons le veau gras, ma fille qui était perdue est revenue ! Eh bien moi je dis non ! C'est trop facile ! Je suis bon chrétien, Viviane, mais alors là, non, non et non ! Le veau gras, d'accord, mais après la raclée et une bonne quarantaine dans sa chambre.

VIVIANE – Tu ne crois pas qu'elle a été assez punie comme cela ? Quelle humiliation pour elle et ses parents, ce maudit Guilleri installé au château, dérobant les bijoux de Madame. Et puis cette prétendue histoire de couvent ! Ah ! Il s'est bien moqué d'elle. Notre pauvre demoiselle s'en est rendu compte bien tard. Enfin, elle est revenue transie de honte, accompagnée de M. de Belgarde, rappelle-toi !

SIMON – Je dois reconnaître que les premières minutes d'explication n'ont pas été faciles pour Mlle Catherine. Mais quand même, on a tôt fait de pardonner dans cette maison !

VIVIANE – Ah ! Quel entêté tu fais ! Heureusement, tu n'es pas le père de notre demoiselle!

SIMON – Heureusement pour qui ? … Pour moi, oui !

VIVIANE – Oh ! *(Ils reprennent le pliage.)*

<u>Scène 2 : les mêmes, Henri, le baron.</u>
(Ils entrent au fond.)

LE BARON – Vous rentrez une nouvelle fois bredouille mon ami.

HENRI – Les villageois se taisent. Personne n'a vu, personne n'a entendu. Soit ils ont peur de Guilleri, soit ils le protègent. En tous cas, je suis bien obligé de reconnaître que je n'ai pas la moindre piste depuis un mois que je suis là.

LE BARON – Le protéger ! Une canaille pareille ? J'ai du mal à le comprendre !

(Simon et Viviane sortent, emportant le linge plié.)

HENRI – A Paris, il m'est arrivé de devoir arrêter des hommes pour qui j'ai ressenti de la sympathie. Malgré leurs crimes, je trouvais charmante leur conversation, exquises leurs manières. Je ne saurais vous expliquer comment cela est possible, je les ai vus pendre à regret. Guilleri me semble être ce genre de brigand qui attire la sympathie malgré ses méfaits.

LE BARON *(vexé)* – Ah ! Vous le trouvez donc sympathique ?

HENRI – Je suis résolu à arrêter ce bandit. Je constate simplement que les hommes et les femmes du Poitou ne m'aident pas à trouver un homme qui traverse pourtant leurs villages pour commettre ses crimes. Je constate que Philippe Guilleri sait mettre les rieurs de son côté.

LE BARON *(amèrement)* – Oui, il y a un mois, j'étais moi-même du côté des rieurs, quand Guilleri détroussa l'évêque de Luçon. Aujourd'hui ses exploits ne m'amusent plus. J'en ai fait les frais et je regrette d'avoir ri.

HENRI – Patientez M. le baron, le jour où Guilleri s'en prendra au peuple, quand ses crimes terniront la réputation du plaisantin, quand la vérité supplantera la légende, ce jour-là il sera perdu. Les rieurs ne riront plus, les langues se délieront et la justice frappera.

LE BARON – A quand ce jour ?

HENRI – Il n'est peut-être plus très loin. J'exige de mes hommes un comportement irréprochable avec les paysans. Notre réputation d'honnêtes soldats se répand. Et cette réputation vaut de l'or après les terribles guerres de religions dont nous sortons. Souvenez-vous, il n'y a pas si longtemps, le pays était infesté de soudards de tous les partis qui ont pillé et brutalisé le peuple. La confiance n'est pas facile à gagner, vous l'imaginez bien.

LE BARON – Mauvais souvenirs pour notre pauvre France !

HENRI – Guilleri ne sera bientôt qu'un mauvais souvenir de plus.

LE BARON – La santé de Catherine m'inquiète.

HENRI – Elle a été durement éprouvée.

LE BARON – Il y a autre chose. A son retour nous nous sommes réconciliés, et le château a semblé revivre après des semaines d'angoisse et d'incertitude. Mais brusquement, hier, Catherine a refusé de sortir de sa chambre. Seule Constance a pu y pénétrer pour lui apporter ses repas. Ce matin elle est sortie, plus pâle, plus triste qu'à son retour. Je ne m'en explique pas la raison. Et qu'on ne vienne pas me raconter que c'est la faute au changement de Lune ! Elle ne varie pas aussi souvent que les femmes de ce château !

HENRI – Je me garderai bien d'accuser la lune.

(Catherine entre à droite.)

Scène 3 : le baron, Henri et Catherine.

CATHERINE *(esquissant un sourire)* – Bonjour papa ! *(Elle l'embrasse sur la joue)* Bonjour M. de Belgarde. De quoi parliez-vous ?

HENRI – De la lune …

LE BARON – M. de Belgarde plaisante mon enfant. Dis-moi plutôt comment tu te sens ?

CATHERINE – Je vais mieux qu'hier, ne vous inquiétez pas pour moi. Cet affreux voyage m'a épuisé. J'ai des moments de faiblesse, *(prenant le bras d'Henri)* mais la présence et l'amitié de M. de Belgarde me rendent la santé.

HENRI – Mademoiselle, je crois que vous me prêtez des pouvoirs que je n'ai pas.

LE BARON – Il n'est pas moins vrai que c'est vous mon cher Belgarde qui l'avez trouvée sur le chemin et l'avez convaincue de revenir. C'est déjà plus de pouvoir que je n'en ai jamais eu sur ma fille !

HENRI – Catherine serait rentrée au château même si elle ne m'avait pas rencontré.

CATHERINE – Vous êtes trop modeste Monsieur. *(À son père)* Et vous, mon père, cessez de vous moquer de moi. Vous verrez bientôt que je suis changée, que je sais être une fille obéissante et sage. M'autorisez-vous à rester quelques instants avec M. de Belgarde ?

LE BARON – Je te laisse avec ton médecin. *(Il sort à gauche.)*

HENRI – Qu'avez-vous Catherine ? Pourquoi vous enfermer toute la journée d'hier ?

CATHERINE – Henri ! *(Elle le serre dans ses bras, mais il lui détache les mains pour les garder dans les siennes)*

HENRI – Répondez !

CATHERINE – Je vous l'ai dit. Je me suis sentie faible et triste. Je n'aurais pas été d'une compagnie agréable. J'ai préféré me reposer.

HENRI – Au point de ne pas recevoir Denis ?

CATHERINE – Je ne pouvais pas ! Aujourd'hui je me sens mieux, si Denis vient au château je le verrai.

HENRI – En ce moment, il patrouille. Les renseignements que vous m'avez donnés ont été précieux. Ce sont du reste les seuls que j'aie. Nous surveillons la forêt du Détroit. S'il commet la bêtise d'y revenir, nous le prendrons.

CATHERINE – Hélas, il a dû sentir mon trouble, il a eu l'intuition que je comprendrais plus vite qu'il ne l'avait prévu. Il est devenu plus méfiant, et nous avons changé de cachette en voyageant de nuit. Nous avons cheminé des heures à cheval, mais je ne peux pas vous dire en quelle direction.

HENRI – Vous nous avez donné un espoir de le punir pour le mal qu'il a fait.

CATHERINE – Je le déteste ! Si je pouvais, je le tuerais de ma main. Heureusement, tous les hommes ne lui ressemblent pas. Il existe des hommes tels que vous Henri !... Je vous dois tellement. Vous m'avez trouvée sur le chemin, les habits en lambeaux, couverte de crasse, affamée, les pieds en sang d'avoir marché pieds nus deux jours, apeurée, à moitié folle …

HENRI – Moins fort, si on vous entendait ...

CATHERINE – Vous m'avez cachée chez les parents de Constance. A eux aussi je dois beaucoup et à Constance qui m'a soignée. Mais à vous, surtout … J'aimerais trouver les mots exacts pour exprimer ma reconnaissance. Mais il n'y en a pas, ils sont trop faibles pour traduire l'élan de mon cœur et les doux sentiments qui l'habitent …

HENRI *(mal à l'aise)* – Nous ne sommes que quatre à savoir où vous étiez réellement ces jours-ci : Constance, ses parents et moi. Je n'ai rien dit à Denis, suivant votre volonté.

CATHERINE – J'ai confiance en vous. Ces derniers jours, j'ai beaucoup réfléchi. Je me suis rendu compte que je m'étais comportée comme une enfant gâtée avec tout le monde. Mais j'ai changé Henri ! Je vous jure que j'ai changé. *(Prenant la main d'Henri et la posant sur son cœur)* Ne le sentez-vous pas ?

HENRI *(embarrassé)* – Je vous crois.

CATHERINE – Vous me répondez ce que vous ordonne la bienséance, mais votre cœur est froid. Vous êtes distant. Quand vous posez le regard sur moi, vos yeux trahissent un soupçon … Une horrible accusation muette ! *(Avec colère et des larmes)* Suis-je coupable Henri ? Quelle faute ai-je commise ? Osez, dites à voix haute la pensée que je lis dans vos yeux !

HENRI – Qu'allez-vous inventer ?

CATHERINE – Un misérable m'a humiliée, plus qu'on ne pourra jamais plus m'humilier ! Et quand je croise vos yeux et qu'ils me renvoient le souvenir de Guilleri, j'ai envie de le tuer, j'ai envie de pleurer, j'ai envie de mourir !

HENRI – Catherine ! Calmez-vous !

CATHERINE – Je vous aime Henri ! Me rejetterez-vous ? N'aurez-vous donc pas pitié de mon cœur ? Me regarderez-vous toujours comme l'oiselle qui s'est fait croquer par le renard ? Ma sottise m'a fait trop de mal, croyez-moi j'ai retenu la leçon ! Et puis je serai la plus douce des femmes ! Dites-moi simplement ce que vous voulez de moi, et je le ferai. Je vous en prie, aimez-moi Henri !

HENRI *(gêné)* – Catherine ! Est-ce donc cela que vous vouliez me dire ? *(hochant tristement la tête)* Vous êtes aveugle ! Vous croyez m'aimer parce que je vous ai cachée, parce que vous me confondez, comme vous avez confondu Guilleri, avec l'un de ces héros de romans de chevalerie que vous lisez.

CATHERINE *(pleurant, criant)* – Non ! Lui, je le maudis ! Je le vomis !

HENRI *(plus durement)* – Vous confondez amour et reconnaissance !

CATHERINE – Ayez pitié pour mon cœur qui ne bat que pour vous depuis des jours. Je connais la grandeur de votre âme, j'ai senti l'amour couler en moi comme une langueur qui noue le ventre et retient le souffle. Je vous aime, je le sais, je le sens au feu sur mes joues, à ma bouche qui s'assèche, à mes bras et mes jambes sans force… Ah ! Je vois bien que je ne sais pas vous peindre comme il convient le tumulte qui me saisit. Vous êtes là, planté droit comme un piquet, insensible à mes paroles … *(silence)* Vous ne dites rien ?

HENRI *(très fermement)* – Vous réclamez, à présent, de la pitié à la place de l'amour. Vous confondez tous les sentiments. Vous vous inventez des passions ! Ouvrez les yeux, ventredieu ! L'amour passe chez vous tous les jours, et vous lui fermez la porte au nez !

(Il sort d'un pas rapide. Catherine s'effondre et sanglote.)

<u>Scène 4 : Catherine, Constance</u>
(Constance entre au fond en courant.)

CONSTANCE – Mademoiselle ! *(Elle s'agenouille près d'elle.)* Pourquoi ces larmes ?

CATHERINE – Je ne suis pas aimée Constance !

CONSTANCE – De qui parlez-vous Mademoiselle ?

CATHERINE – Henri de Belgarde. Il ne m'aime pas, il me l'a dit. Je me sens stupide.

CONSTANCE – Reprenez-vous !

CATHERINE – Il ne m'aime pas ! Il ne m'aime pas !

CONSTANCE – Je suis certaine que vous exagérez. Il vous a prouvé cent fois son amitié.

CATHERINE – Qu'ai-je à faire de son amitié ? C'est son amour qu'il me faut ! Tout ce qu'il a fait, me cacher, me soigner, inventer cette histoire de voyage ... c'est par amitié pour Denis. Mais avec moi, il est le plus froid des hommes. Je suis sûre qu'il me méprise !

CONSTANCE – Je vois bien que c'est le dépit qui vous fait parler ainsi. M. de Belgarde vous estime plus que cela.

CATHERINE – M'estimer ? As-tu perdu la raison ? Il sait, lui, que je me suis compromise avec Guilleri, que je l'ai suivi dans son repaire. Je ne me suis évadée qu'au bout de huit jours, lorsqu'enfin j'ai découvert l'imposture, huit longs jours, huit jours de trop pour mon honneur. Oh ! Quelle horrible aventure ! Et Henri qui me dit que je confonds la vie avec les livres ! Je connais trop bien, pour mon malheur, la différence. Dans les livres les personnages n'ont aucun mystère pour le lecteur. Dans la vie, les sentiments sont bien confus, les situations sont rarement ce qu'elles paraissent et on ne peut être sûr de rien, pas même de soi.

CONSTANCE – C'est la première fois que vous évoquez votre disparition. Voulez-vous me raconter ce qui est arrivé, depuis votre départ du château jusqu'au jour où M. de Belgarde vous a portée chez mes parents ?

CATHERINE *(faiblement)* – Non ! Je ne peux pas, je n'en ai pas la force.

CONSTANCE – Alors venez Mademoiselle, Madame ne doit pas vous surprendre dans cet état. Elle vous poserait des questions auxquelles, je crois, vous n'avez pas le cœur de répondre.

CATHERINE – Il faut que je reprenne le dessus ou bien je vais devenir folle. *(Elle se lève.)* Conduis-moi à ma chambre, je vais me reposer un peu. *(Elles sortent.)*

Scène 5 : le baron et la baronne.

(Le baron entre à gauche au moment où la baronne entre au fond.)

LA BARONNE – Pierre, je vous cherchais, avez-vous vu Catherine ce matin ?

LE BARON – Oui, elle va mieux n'est-ce pas ?

LA BARONNE – Je ne saurais vous le dire mon ami, je ne l'ai pas encore vue.

LE BARON – Elle était là tout à l'heure, je l'ai laissée au bras de M. de Belgarde à qui elle voulait parler seule à seul...

LA BARONNE *(pensive)* – Très bien ... très bien...

LE BARON *(sur le ton du reproche)* – Anne ... Chassez ces pensées !

LA BARONNE – Il n'y a rien de mal à penser !

LE BARON – Oh si ! Il y a beaucoup de mal à penser à un nouveau mariage pour votre fille ! Voyez où cela nous a menés ... avec l'aide de Guilleri, il est vrai !

LA BARONNE – Pierre ! Vous osez ?

LE BARON – N'insistez pas Madame ! J'ai résolu une chose définitive. Et je vous demande de vous y conformer.

LA BARONNE *(pincée)* – Je suis votre servante Monsieur.

LE BARON – Nous ne parlerons plus de mariage à Catherine, à moins qu'elle n'aborde le sujet elle-même.

LA BARONNE – Oui Monseigneur.

LE BARON – Si nous recevons une proposition de mariage nous la lui transmettrons, *(la baronne veut parler, le baron l'arrête)* sans commentaires, *(elle essaie encore)* ni insinuations *(elle essaie encore)*, et nous la laisserons décider seule.

LA BARONNE – Puis-je parler ?

LE BARON *(soupirant)* – Il faut bien m'y résoudre.

LA BARONNE – Lorsque Catherine est revenue, nous étions tout à notre joie. Le bonheur de la retrouver après ces jours et ces nuits d'attente l'emportait sur tout le reste. Je l'ai laissée donner ses explications sans chercher à en savoir plus.

LE BARON *(moqueur)* – Mais maintenant, vous voudriez en savoir plus.

LA BARONNE – L'émotion passée, j'y vois plus clair, et de sombres pensées me tourmentent. Car enfin, que savons-nous de ce prétendu voyage ? Où est-elle passée ? Où s'est-elle arrêtée ? Qui a-t-elle rencontré ? Rien ! Nous ne savons rien !

LE BARON – Attendez encore, c'est trop tôt pour le lui demander.

LA BARONNE – Ce n'est pas tout ! Si notre Catherine voyageait comme elle le prétend, pourquoi Guilleri nous a-t-il envoyé une demande de rançon ? Ce pendard n'est pas fou au point de croire que nous aurions donné dix mille livres sans notre fille en contrepartie.

LE BARON – Ah ! Mon Dieu ! Qu'avez-vous imaginé ?

LA BARONNE – Pierre, vous êtes soudain aussi troublé que je le fus hier. La vérité me paraît évidente : la demande de rançon n'avait de sens que si Guilleri détenait notre fille.

LE BARON – Taisez-vous Anne, vous m'effrayez !

LA BARONNE – Et que croyez-vous que j'éprouve ? Ces questions me rongent. Et si j'hésite encore à les poser, c'est que je crains les réactions de Catherine.

LE BARON – Promettez-moi d'attendre. Laissez-lui quelques jours, quelques semaines peut-être, il faut d'abord qu'elle retrouve un peu de gaieté au cœur.

LA BARONNE – Pour qui me prenez-vous ? Un monstre ? Je me rends compte de la situation de notre fille aussi bien que vous.

Scène 6 : Les mêmes, Viviane, Simon.

VIVIANE *(depuis les coulisses.)* – Au secours ! Au secours ! *(Elle entre par le fond)* Monsieur, Madame, sauvez-moi !

LE BARON – Diantre ! Mais de quoi avez-vous peur ?

VIVIANE – Il est là ! Il me poursuit !

LA BARONNE – Qui ?

VIVIANE – Guilleri !

LE BARON – Ne soyez pas sotte !

VIVIANE – J'étais à la cuisine à surveiller mon feu, quand j'ai entendu la porte grincer. Je me suis retournée juste à temps pour voir une ombre glisser dans la réserve. J'ai demandé qui était là, alors j'ai entendu siffler l'air de Guilleri…

LE BARON – Qu'est-ce que c'est que ce conte, Viviane ?

LA BARONNE – Qu'est-ce que cet air-là ?

VIVIANE – C'est une chanson qui se répète depuis peu, Madame. Ma cousine me l'a chantée dimanche dernier, après la messe à St Martin. Puis Guilleri est sorti de la réserve et a éclaté d'un rire terrible. Alors je me suis enfuie en criant.

LE BARON – Vous dites qu'il vous suivait ?

(On entend depuis les coulisses :)
« Il était un p'tit homme appelé Guilleri carabi »

VIVIANE – C'est lui !

« Il allait à la chasse, à la chasse aux perdrix carabi,
Titi carabo, toto carabi, Compère Guilleri
Te lai'ras-tu, te lair'as-tu, te lair'as-tu mouri' »

LE BARON – Restez là Viviane, ne dites rien, nous allons surprendre votre chanteur.

(Le baron entraîne la baronne derrière la tenture et lui fait signe de se taire. Simon masqué, un chapeau couvrant les yeux et une cape l'enveloppant, entre par le fond, l'épée à la main. Viviane, face au public, est pétrifiée, elle n'ose pas regarder Simon qui s'approche derrière elle.)

SIMON – Ah Ah ! Tremble petite perdrix ! Agenouille-toi, la gueuse, devant ton maître ! *(Viviane s'agenouille, toujours face au public et sans regarder Simon)* C'est bien ! Allons, je ne te veux pas de mal. Je désire simplement te faire la leçon, car on m'a rapporté que tu étais une impertinente !

VIVIANE – Oh ! Qui vous a rapporté cela ?

SIMON – Cloue ton bec, petite dinde ! On ne m'avait donc pas menti ! Je vois bien que tu cherches à avoir le dernier mot et que tu voudrais encore nier l'évidence même ! *(Le baron a tiré du fourreau son épée, et s'approche dans le dos de Simon.)* Je t'ordonne, moi, messire Guilleri, prince des coupe-bourses, maître du Poitou, de te pencher en avant afin de recevoir ton châtiment. *(Elle se penche et reçoit un coup de pied au derrière).*

LE BARON – Retourne-toi et défends-toi ! *(Simon sursaute et se retourne, il cherche à s'approcher de la porte du fond, tout en ne tournant pas le dos à l'épée du baron. Il est visiblement troublé.)* C'est une plaisanterie ? Allons ! Démasque-toi, maraud ! Et bats-toi ! *(Le baron attaque à plusieurs reprises, Simon pare les coups maladroitement en poussant à chaque fois un cri aigu de terreur. Finalement, le baron le désarme en quelques passes et lui met l'épée sur la poitrine).*

SIMON – Pitié M. le baron !

LE BARON – Ote ton masque ! *(Il obéit.)* Qu'est-ce que cela signifie ?

SIMON *(penaud)* – Je voulais jouer un tour à Viviane, Monsieur. Je ne m'attendais pas à vous rencontrer de ce côté du château. Je vous croyais dans la cour avec M. de Belgarde.

VIVIANE – Ah ! Tu me paieras ce coup de pied là !

SIMON – Je vous demande pardon.

LA BARONNE – Vous vous rendez compte du ridicule dans lequel vous vous êtes mis, mon pauvre Simon ? Enfin, il y a plus de peur que de mal ... excepté pour le derrière de Viviane.

LE BARON – En effet. Plus de peur que de mal.

LA BARONNE – Mais, je ne laisserai pas impunie une telle injure. Personne n'a le droit de traiter ainsi quelqu'un à mon service.

LE BARON – Croyez-vous opportun, Anne, de vous mêler des querelles domestiques ?

LA BARONNE – Une querelle domestique ? Je crois plutôt, Monsieur, qu'il s'agit là d'une mesquinerie de votre sexe, contre nous, les femmes.

LE BARON – Et moi, Madame, je vous dis qu'il n'y a pas lieu de prendre part à cette affaire !

LA BARONNE – Evidemment, vous défendez Simon ! Je suis sûre que vous rirez bientôt, avec vos amis, du cul botté. Vous êtes un rustre Monsieur ! Au nom des femmes, je réclame justice. Simon, agenouillez-vous ! *(Il a le temps de poser le premier genou.)*

LE BARON – N'en faites rien, Simon ! J'ai besoin de vous dans la cour pour une chose urgente. *(Il se redresse)*

LA BARONNE – Quelle basse connivence entre mâles du troupeau ! Simon à genoux ! *(Il s'agenouille précipitamment.)*

LE BARON – Madame, apprenez à garder votre place. Vous avez droit à mon respect, mais rappelez-vous qui commande ici ! Simon debout ! *(Il obéit.)*

LA BARONNE – Pierre ! Ceci est une question d'honneur ! A genoux maraud !

LE BARON – Vous placez l'honneur à un endroit qui ne convient guère ! Debout imbécile !

LA BARONNE – A genoux je le veux !

LE BARON – Debout parbleu !

LA BARONNE – A genoux vous dis-je !

LE BARON – Debout ! Je l'exige !

SIMON *(haletant)* – Monsieur je regrette ce que j'ai fait et je consens à la punition que Madame voudra bien choisir.

LA BARONNE *(l'air satisfaite)* – Ah ! *(Elle fait un signe de connivence à Viviane qui paraît satisfaite elle aussi.)*

LE BARON *(à Simon)* – Bon, puisque tu acceptes *(plus bas)* Il ne faut jamais capituler, mon petit, sinon nous ne serons plus maîtres chez nous.

SIMON *(bas)* – Hélas Monsieur, vous savez bien que c'est le prix pour avoir la paix.

LE BARON *(bas)* – Hélas, Simon, hélas ! Cependant, tu attendras pour recevoir ta punition, que je sois sorti, ainsi l'humiliation n'atteindra pas tous les hommes de la maison mais toi seulement.

LA BARONNE – Que complotez-vous encore ?

LE BARON *(se tapant le derrière)* – Nous discutions de l'honneur des femmes !

LA BARONNE ET VIVIANE – Oh ! *(Le baron salue et sort au fond pour aller à gauche.)*

Scène 7 : Viviane, la baronne, le baron Simon, Montrezeau, Pontguérin et Henri.

(Simon se place à genou et tend son derrière au coup de pied. Viviane va lui botter le train au moment où Montrezeau, Pontguérin et Henri entrent au fond, venant de la droite. Elle s'arrête dans son élan et regarde la baronne ne sachant plus ce qu'elle doit faire.)

MONTREZEAU – Il se passe décidément toujours quelque chose d'inattendu chez vous Mme de La Roussière !

LA BARONNE *(confuse)* – Oui, une affaire sans importance.

VIVIANE – Madame, puis-je continuer ?

SIMON – Allez, Viviane, venge-toi !

PONTGUERIN – Madame, nous ne voulons pas vous déranger, nous reviendrons vous saluer plus tard.

LA BARONNE – Vous ne me dérangez absolument pas messieurs. Enfin ! Simon ! Relevez-vous, nos invités vous regardent !

SIMON – Madame, je sais trop ce qu'il m'en coûtera de reproches de la part de Viviane, si vous la privez de sa vengeance. Elle sera comme une tigresse à qui on a arraché son petit. Je préfère la blessure franche du coup de pied au cul, que la torture infinie de l'entendre caqueter tous les jours à ce sujet. *(À Viviane)* Allez ! Frappe ! N'attends plus, je sais bien que tu en meurs d'envie ! *(Les hommes commencent à sourire de la situation.)*

VIVIANE – Madame ! Ce faquin me fait passer pour une je-ne-sais-quoi auprès de ces messieurs !

LA BARONNE – Viviane, retournez à la cuisine et vous Simon, trouvez M. le baron et dites-lui que MM. de Montrezeau et de Pontguérin l'attendent dans la grande salle !

SIMON – Mme la baronne, je vous supplie de ne pas remettre à demain l'exécution de la sentence. Il faut consommer la vengeance quand elle est chaude et pendant que le cœur y est. Trop attendre, ne fera que la rendre plus cruelle, car Viviane, exaspérée par ce délai inopportun, me bottera d'autant plus fort qu'elle aura attendu pour le faire.

LA BARONNE – Cela suffit ! Vous êtes ridicule de supplier que l'on vous frappe. Que cette humiliation vous serve de leçon. Maintenant, levez-vous et obéissez. Vous ne voyez pas que vous m'embarrassez devant ces messieurs ? *(Viviane regarde Simon, hausse les épaules et sort au fond, sur la droite)*

SIMON *(Allant vers Viviane sur les genoux tandis qu'elle part.)* – Non ! Viviane ! Reste ! *(allant vers la baronne)* Madame, il ne reste que vous pour me punir de l'affront que j'ai osé porter à l'honneur des femmes. Je suis un misérable Mme la baronne, en attentant au derrière de Viviane, je ne comprenais pas que j'attentais à tous les derrières du beau sexe !

MONTREZEAU *(en riant)* – Mais il est fou !

SIMON – Celui de Viviane, celui de Constance, Celui de Mademoiselle …. Et le vôtre Madame ! Le vôtre ! Allez madame, pas de pitié ! *(Il se tourne pour recevoir le coup de pied.)*

LA BARONNE *(embarrassée)* – Oh !

HENRI *(en riant)* – Assez ! Assez ! Qu'on en finisse !

PONTGUERIN – Vous avez raison. *(À la baronne)* Permettez-moi, Madame, de vous tirer d'embarras.

(Il botte le train de Simon. Celui-ci se relève.)

SIMON – Merci M. le baron.

(Le baron de La Roussière entre, par le fond et venant de gauche.)

LE BARON – Messieurs, je vous salue !

LA BARONNE – Vous tombez bien, Pierre, vos amis vous attendaient. Je vous laisse, d'autres soucis domestiques, et de moins affligeants que celui-ci, m'attendent. *(Elle sort.)*

LE BARON – Mon petit Simon, vous remontez dans mon estime. J'ai tout entendu. Vous avez été formidable. Ce que vous avez fait subir à ma femme valait bien d'être payé d'un coup de pied au derrière ! Les hommes sont encore les maîtres dans ce château !

SIMON – J'ai fait de mon mieux.

LE BARON – Allez à vos travaux à présent. Toutefois, je vous conseille d'éviter les endroits où se rendent habituellement Viviane et Mme de la Roussière

SIMON – Oui Monsieur.

LE BARON – Autre chose ! Ne jouez plus à Guilleri, Simon. Nous ne l'aimons pas ici, sans compter que j'ai bien failli vous tuer tout à l'heure.

SIMON – Je ne recommencerai pas Monsieur. *(Il sort au fond et tourne à gauche.)*

Scène 8 : le baron, Henri, de Montrezeau et de Pontguérin, Constance.

LE BARON – Je m'en remets à votre bonté pour que cette querelle familiale ne sorte pas d'ici. J'ai assez de ce maudit Guilleri pour alimenter les rumeurs sur moi. A ce propos connaissez-vous la dernière ?

MONTREZEAU – Non. Dites-nous.

LE BARON – Ce bandit a une chanson à sa gloire ! Dans quel monde vivons-nous ? Les bandits sont honorés et aimés et les honnêtes gens sont ridiculisés !

PONTGUERIN – Rira bien qui rira le dernier ! Les hommes comme Guilleri finissent tous au bout d'une corde ou sur la roue, vous le savez bien.

LE BARON – Mais le peuple retiendra la chanson, croira la légende, et dans quatre siècles, on nous tiendra toujours pour des scélérats et lui pour un bandit aimable et spirituel, un disciple de Montaigne et de Rabelais ! Un brigand humaniste ou un philosophe encanaillé !

MONTREZEAU – Consolons-nous ! Dans quatre siècles nous ne souffrirons plus des mensonges, de la rumeur et de notre mauvaise réputation.

PONTGUERIN – Bien parlé Montrezeau ! Mon cher La Roussière, nous sommes venus prendre des nouvelles de Catherine.

LE BARON – Elle se remet doucement de son aventure. Qu'en pensez-vous Belgarde, vous qui lui avez parlé tout à l'heure ?

HENRI – Catherine a repris de la vigueur, mais elle est encore très affectée.

LE BARON – Nous sommes pressés de la voir aller mieux, et nous oublions trop vite qu'elle n'est revenue que depuis cinq jours seulement.

MONTREZEAU – Quelle histoire ! Avez-vous appris ce qu'elle a fait tout ce temps loin du château ?

LE BARON – Catherine a voyagé.

PONTGUERIN – Où est-elle allée ?

LE BARON – Ne m'en demandez pas plus messieurs, je ne connais pas encore le détail de ce voyage.

PONTGUERIN – C'est curieux !

LE BARON *(embarrassé)* – Elle nous racontera cela plus tard ...

MONTREZEAU – Mais alors, Guilleri ne l'aurait pas enlevée pour extorquer une rançon ?

LE BARON – Il a demandé une rançon sans jamais indiquer ni de lieu ni de jour pour l'échange.

PONTGUERIN – Cette histoire n'a pas de sens !

MONTREZEAU – Mon cher Hubert, il y a forcément une explication ! *(au baron)* Interrogez Catherine une bonne fois pour toute !

LE BARON – Pour sa santé, je me suis résolu à attendre quelques temps.

HENRI – Nous nous résoudrons avec vous, M. de La Roussière.

PONTGUERIN *(insinuant)* – Vous vous intéressez beaucoup à Catherine chevalier... Etes-vous marié ?

HENRI – Sangdieu ! En voilà une question !

PONTGUERIN – Vous allez comprendre. Sur le chemin du château, mon ami Gaston et moi-même discutions pour savoir si oui ou non, il fallait voir en vous un rival.

HENRI – Votre rival ? Comment cela ?

LE BARON *(souriant)* – Un rival auprès du cœur de Catherine. Ne désespérez pas Messieurs ! Même si, jusque-là, ma fille s'est montrée plus écervelée qu'un moineau, je sens qu'elle comprend un peu mieux où est son devoir. Et méfiez-vous de M. de Belgarde !

HENRI – Je vous assure que vous n'avez rien à craindre !

LE BARON – Taratata, M. le chevalier ! Vous avez passé un long moment avec Catherine tout à l'heure.

HENRI – Votre fille est une charmante personne …

LE BARON – Vous lui plaisez …

HENRI – C'est possible mais …

MONTREZEAU – Seriez-vous déjà lié à quelqu'un ?

HENRI – La question n'est pas là !

PONTGUERIN – Allons M. de Belgarde, nous savons bien ce que c'est que d'être un soldat. On cherche l'affection là où le Roi nous envoie en mission.

LE BARON – Que diable cherchez-vous à dire ?

PONTGUERIN – Nous arrivions dans le bourg de St Martin, quand nous entendîmes par hasard, deux commères qui ricanaient à propos d'un mousquetaire. Nous nous approchons des drôlesses et leur donnons une pièce à chacune pour être au fait du commérage.

HENRI – Finissez Monsieur ! Je ne vois pas de quelle rumeur je puisse être l'objet, touchant à une affaire sentimentale !

MONTREZEAU – Vraiment Monsieur ?

HENRI – Vraiment Monsieur !

MONTREZEAU – Et bien Monsieur, les villageoises de St Martin n'ont pas le même avis que vous ! Il paraît que l'on vous a vu fréquemment la semaine passée en compagnie de Constance.

PONTGUERIN – Nous pouvons comprendre les tumultes qui agitent un homme, jeune et sans attaches. Et puisque vous possédez la servante, vous n'aurez pas, je pense, l'impudence de convoiter la main de la maîtresse. Ce qui nous arrange ! *(Il rit.)*

HENRI – Messieurs, on vous a bien renseignés ! Il est exact que la semaine passée, j'ai croisé plusieurs fois Constance chez ses parents. Cependant vous vous méprenez complètement. Constance est une brave enfant …

MONTREZEAU – Enfant ? Pas tant que cela !

HENRI – Je l'estime pour des raisons que je n'ai pas à vous dire.

MONTREZEAU – Il n'en est point besoin, Monsieur, nous comprenons à demi-mots.

HENRI – Et je n'aime pas votre façon de parler …

MONTREZEAU – N'écoutez pas !

HENRI – Ni vos insinuations ! M. de La Roussière, je vous assure de la droiture de ma conduite avec votre servante.

LE BARON – Allons Messieurs, vous étiez si courtois tout à l'heure !

PONTGUERIN – M. de La Roussière a raison. Nous voulions simplement vous taquiner, rien de plus, n'est-ce pas Gaston ?

MONTREZEAU *(se forçant)* – Bien sûr ! Simplement vous taquiner.

HENRI – N'en parlons plus.

(Constance entre par la droite avec un grand sourire. Ils discutent avec complicité.)

CONSTANCE – M. Henri ! Je suis bien heureuse de vous revoir ! *(Elle fait une révérence.)* Pourquoi ne vous arrêtez-vous plus à Saint-Martin ?

HENRI – Je promets de saluer vos parents à la première occasion. Cela dit, je ne veux pas vous créer d'ennuis. Il parait que l'on bavarde méchamment à notre sujet !

CONSTANCE – Je me fiche des mauvaises langues. Revenez vite nous voir.

MONTREZEAU – Ah ! L'hypocrite ! *(Pontguérin fait un mouvement pour faire taire Montrezeau)* Pontguérin, voyons ! Il nous prend pour des bécasses et il faudrait faire semblant de le croire ?

HENRI – Plaît-il ?

MONTREZEAU – M. le débauché, je vous prie de garder dorénavant vos protestations vertueuses pour les sottes caillettes du village ! Quant à votre conduite que vous prétendez droite : elle l'est, assurément, je n'en puis plus doutez, aussi droite que raide dans votre haut de chausse.

HENRI – Vous avez l'esprit mal tourné. Vos insultes ne méritent qu'une sorte de réponse.

(Il sort son épée et Montrezeau en fait autant.)

CONSTANCE – Que se passe-t-il ici ?

LE BARON – Messieurs, cette querelle est ridicule !

(Ils se battent. Soudain, on entend des cris.)

Scène 9 : les mêmes, un cadet, Simon, Viviane, la baronne.

DES VOIX de soldats – Aux armes ! Aux armes ! Sus à la racaille !

LE CADET *(entrant par le fond)* – Capitaine ! Guilleri et sa bande viennent d'investir la cour du château.

HENRI *(à Montrezeau)* – Remettons cette affaire à plus tard.

MONTREZEAU – Je suis avec vous s'il s'agit de tailler ces gueux en pièces.

LE BARON – Laissez-moi la première place au combat, Messieurs, il s'agit de mon château.

PONTGUERIN – Vous devriez rester près de votre famille.

LE BARON – Me prenez-vous pour un vieillard incapable de tenir une lame ? J'étais à Ivry en 90 Monsieur, je me suis battu aux côtés du roi contre Mayenne et ses Espagnols qui étaient sûrement mieux armés que ces pendards !

HENRI – Au nom du roi, de qui je tiens mes ordres, je vous ordonne M. de la Roussière de rassembler de ce côté-ci ceux qui ne se battront pas et de défendre la place. Quant aux autres, suivez-moi ! *(Ils partent par le fond en courant, l'épée à la main. Le baron et Constance restent en scène.)*

LE BARON – Trouvez Mme la baronne, Simon et Viviane et ramenez-les ici.

CONSTANCE – Et Mademoiselle ?

LE BARON – Elle est en sécurité dans sa chambre. Allez !
(Elle sort à gauche. Le baron va au fond et surveille le combat.)
Misère ! Nous ne sommes pas en nombre ! Il nous manque Denis et la moitié des cadets! *(Les combats se rapprochent, des cadets se battent contre des brigands, au fond de la scène.)* Mordious ! Qu'ils approchent un peu voir ! J'ai fait la guerre moi ! J'en ai embroché, et des plus gros !

(Constance entre suivie de la baronne, Viviane et Simon. Ce dernier est armé d'une épée)

LA BARONNE – Pierre ! Que se passe-t-il ? Est-ce la guerre qui reprend ?

LE BARON – Plus tard Anne ! Constance emmenez-les dans la chambre de Catherine.

(Les femmes sortent sur la droite.)

SIMON – Monsieur, je resterai à vos côtés.

LE BARON – Vous ne savez pas vous servir d'une épée !

SIMON – Monsieur, mourir s'apprend vite !

LE BARON – Il s'agit plutôt de vivre.

(Les bandits gagnent du terrain sur les cadets. Les combats continuent en coulisses, puis s'arrêtent)

LES BANDITS – Victoire ! Victoire !

(Guilleri, La Ficelle et Minotaure entrent en scène par le fond.)

Scène 10 : le Baron, Simon, Guilleri, La Ficelle et Minotaure.

GUILLERI – M. le baron. *(Il salue chapeau bas.)*

LE BARON – En garde scélérat !

GUILLERI *(soupirant)* – Ne faites pas l'enfant !

(Le baron attaque, Guilleri pare le coup avec désinvolture. Ils recommencent une deuxième fois, à la troisième le baron est désarmé. Simon se précipite mais Minotaure l'assomme.)

LE BARON – Est-ce possible ? Où avez-vous appris à manier l'épée de cette façon ?

GUILLERI – J'ai appris quelques tours dans les troupes du Duc de Mercœur pour rester en vie pendant nos guerres de religions.

LE BARON – Mercœur ! Les acharnés de la Ligue ! Vous étiez déjà du côté de la traîtrise !

GUILLERI – Rassurez-vous, je n'y suis pas resté longtemps. La guerre perdue, j'ai rejoint le camp du Roi.

LE BARON – Vous ? Dans l'armée de notre bon roi Henri IV ?

GUILLERI – Celle de Mercœur, celle de Navarre, qu'importe l'armée ! J'étais doué pour la guerre, je me suis couvert de gloire pendant la campagne de Savoie. J'aurais pu finir officier... Hélas un malheur est arrivé... La paix ! ... Le roi n'avait plus besoin de soldats ! A cause de la paix j'ai tout perdu : mon gagne-pain et un bel avenir. Que pouvais-je faire des talents que Dieu m'a donnés ?

LE BARON – Vous êtes revenu dans le Poitou.

GUILLERI – En effet, je suis revenu au pays avec une quarantaine de compagnons, tous congédiés de l'armée royale. Nous avons entrepris de nous enrichir comme nous pouvions avec ce que nous savions faire. Depuis on a vu qui nous sommes ! Notre réputation n'est plus à faire ! Il faut dire qu'on ne m'envoie que des prévôts stupides.

LE BARON – Quelle tristesse de gâcher tant de bravoure dans le maraudage et le meurtre.

GUILLERI – Je n'ai tué personne qui ne l'ait mérité ! Quant au maraudage, c'est un bien vilain mot. Je ne fais qu'imiter le roi en levant un impôt pour l'entretien de mes troupes.

LE BARON *(méprisant)* – Vous venez prendre l'or que vous n'avez pas obtenu par la rançon !

GUILLERI – Ah M. le baron, vous lisez dans mes pensées ! Etes-vous un mage ?

LE BARON – Vous n'aurez rien et vous repartirez Gros-Jean comme devant !

MINOTAURE *(menaçant)* – Je l'expédie Capitaine ?

LA FICELLE – Calme Minotaure ! Ce n'est pas le moment. Vois plutôt comment les choses se passent dans la cour, et viens rendre compte. *(Minotaure sort.)*

GUILLERI – Voici le choix que je vous laisse : soit j'extermine votre famille, soit vous me versez les 10 000 livres en or que vous me devez.

LE BARON – Auri sacra fames !

GUILLERI – La soif de l'or est détestable seulement pour qui en a le coffre garni plus que nécessaire.

LE BARON *(étonné)* – Vous avez compris ! Vous savez le latin ?

GUILLERI – Mais Monsieur, avant l'amour de l'or, avant même l'amour de la guerre, j'ai aimé les lettres. J'ai dévoré les livres jusqu'à mes dix-sept ans. Tant et si bien que mon père m'envoya à Rennes poursuivre des études que je ne pus jamais rattraper. Il m'en reste tout de même quelque chose. Ecoutez : *(déclamant)*

Hé ! Dieu, si j'eusse étudié,
Au temps de ma jeunesse folle,
Et à de bonnes mœurs dédié,
J'eusse maison et couche molle.
Mais quoi ? Je fuyais l'école,
Comme fait le mauvais enfant.
En écrivant cette parole
A peu que le cœur ne me fend [1]

---

[1] Testament, François VILLON

François Villon a résumé ma vie en un poème. Et voilà pourquoi, la soif de l'or des autres n'est point détestable, quand on en manque autant que moi.

LE BARON – Je vous maudis ! L'appât de l'or vous rend pire qu'un loup ! Je maudis l'or de cette rançon ! Puisse-t-elle vous porter malheur !

GUILLERI – Allons ! Vous n'êtes pas raisonnable ! Maudire l'or de l'amour ! Maudire l'or du mariage ! Où avez-vous l'esprit … père ?

LE BARON *(tremblant de rage)* – Quelles sont ces insinuations !

GUILLERI – Comment ? Vous l'ignoriez donc ? Est-il possible que Catherine … Que ma Catherine n'ait rien dit à son papa ? Tu entends cela La Ficelle ?

LA FICELLE *(ricanant)* – Oui Capitaine.

GUILLERI – Votre fille et moi, nous nous aimons ! Tels Héloïse et Abélard.

LE BARON – Et Abélard fut châtré ! Rendez-moi mon épée que nous finissions ce duel !

GUILLERI – Pas question père ! Pas avant d'avoir touché la dot qui m'est due.

LE BARON *(rageur)* – Ah ! Petite merde ! Si je te tenais…

GUILLERI – Vous en auriez plein les mains.

MINOTAURE *(entre en courant)* – Y'a du grabuge !

LES CADETS *(en coulisses)* – Gare ! Gare ! Sèvres à la rescousse !

Scène 11 : Guilleri, La Ficelle, Minotaure, Catherine, le Baron, Simon (assommé), au fond de la scène Henri, Denis, Montrezeau, Pontguérin, les cadets, les bandits.

MINOTAURE – Les cadets sont revenus à la charge, Capitaine. Ils ont reçu des renforts, nous ne tiendrons pas longtemps la place.

LE BARON – Denis ! Dieu soit loué ! La partie n'est pas finie ! Pillard ! Soudard !

(Les combats se rapprochent à nouveau, on voit au fond de la scène Henri, Montrezeau, Denis, Pontguérin et les cadets luttant contre des bandits.)

GUILLERI – Où est l'or ?

LE BARON – Vous l'aurez mais vous n'en profiterez jamais. *(Il va sur la gauche.)*

LA FICELLE – Nous devons prendre un otage au cas où l'affaire tournerait mal. Enfonce cette porte, Minotaure.

(Minotaure défonce la porte de la chambre de Catherine, les femmes crient, La Ficelle entre et ressort en tirant Catherine par la main).

GUILLERI *(tendant les bras)* – Dans mes bras ma tendre amie ! *(Minotaure la pousse dans les bras de Guilleri.)* Votre cher papa consent à notre union et se préparait à me remettre votre dot !

CATHERINE *(se dégageant.)* – Lâchez-moi ! Sale bouc ! Je préfère mourir plutôt que d'être à vous !

GUILLERI – Trop tard ma chère ! Ce qui a été fait ne peut être défait ! Vous vous êtes donnée à moi comme une fiancée trop pressée !

CATHERINE – Monstre ! Traître ! Menteur !

GUILLERI – Ou comme une fieffée catin, à vous de voir !

(Des bandits et des cadets paraissent.)

LA FICELLE *(montrant les combats)* – Minotaure, débarrasse-nous de ces Messieurs !

(Il se joint à la bataille et fait reculer les cadets.)

LE BARON – Guilleri dit-il la vérité ?

(Catherine se cache le visage et pleure.)

GUILLERI – Vous pouvez m'appeler Philippe !

LE BARON – Dieu du ciel ! Comment as-tu consenti ?

CATHERINE *(en pleurs et en rage)* – Comment ai-je consenti ? Vous appelez cela consentir ? Il m'a trompée, j'ai cru que vous vouliez m'enfermer au couvent, qu'il voyait Denis en cachette pour préparer mon retour. J'ai avalé sornettes sur sornettes, ses exploits, sa bonté, sa générosité. Comment ai-je pu croire de telles choses ? A présent je ne le sais plus moi-même ! C'était comme un rêve ! Je ne me rendais pas compte, j'étais ivre de mots et de mensonges !

(Il saisit Catherine contre lui, face au baron, et sort un poignard pour la menacer.)

GUILLERI – La dot, vite ! Je ne voudrais pas que vous me contraigniez à un veuvage précoce.

<u>Scène 12 : Les mêmes, La Japette la baronne, Constance et Viviane.</u>

(Le baron ouvre la porte et La Japette tombe, les vêtements ensanglantés...)

LA JAPETTE – Ah ! Pas par-là Capitaine ! Les cadets tiennent l'escalier ! Les autres sont morts ! Fuyez, ils arrivent. *(Elle expire dans les bras du baron.)*

LE BARON – Le vent tourne ! Adieu la rançon !

LA FICELLE – Fuyons de ce côté. *(Ils remontent au fond, mais à ce moment les cadets reprennent le dessus et bloquent toute sortie.)* Trop tard !

(Minotaure et Bréjon entrent à reculons, luttant contre Denis, Montrezeau et Pontguérin. Denis finit par tuer Bréjon, il tombe à

genoux tenant son ventre et s'écroule sur Simon qui se réveillait et l'assomme en expirant.)

DENIS – A nous messieurs !

(Au fond le reste des brigands prend la fuite, poursuivi par les cadets et Pontguérin. Montrezeau et Henri entrent. La Ficelle, Minotaure se tiennent près de Guilleri.)

HENRI – Vous avez perdu toute mesure Guilleri ! Attaquer le château où sont cantonnés les mousquetaires ! Vous avez couru à la mort !

GUILLERI – C'était risqué, je l'admets.

HENRI – Inconsidéré !

GUILLERI – Je n'ai pas dit mon dernier mot Belgarde. Vous êtes en position de l'emporter, mais à quel prix gagnerez-vous ?

CATHERINE – Tuez-le Henri !

HENRI – Me proposez-vous un marché ?

GUILLERI – Laissez mes hommes quitter le château et expliquons-nous d'homme à homme.

HENRI – Un duel ?

GUILLERI – Vos ordres ne sont-ils pas de m'arrêter ? Le duel réglera tout. Si je gagne je pars, si vous gagnez votre mission est achevée.

DENIS – Et si nous refusons ?

GUILLERI – Vous m'arrêterez sûrement M. de Sèvres, mais vous le paierez de la vie de Catherine, j'en fais le serment.

HENRI – J'accepte. Montrezeau, faites cesser le combat et que les brigands se retirent.

(Guilleri lâche Catherine. Elle se réfugie près de son père.)

GUILLERI – La Ficelle, Minotaure partez sans m'attendre.

MINOTAURE *(plus bas)* – De quel côté Capitaine ?

LA FICELLE – Notre repaire de Bois Potuyau ?

GUILLERI – Non, nous devons nous faire oublier de ce côté du Poitou.

LA FICELLE – La forêt de Benon alors ?

MINOTAURE – Chez votre frère.

GUILLERI – Oui, je jure que les frères Guilleri unis feront trembler plus que jamais les prévôts de La Rochelle et de Niort.

MINOTAURE – J'enrage d'abandonner notre butin !

GUILLERI – Nous n'abandonnons rien. Le trésor est à l'abri à Bois Potuyau. Nous reviendrons un jour, plus puissants et plus riches qu'aujourd'hui.

(Montrezeau sort, puis Minotaure et La Ficelle sortent en emportant le cadavre de La Japette et de Bréjon. Tout le monde s'écarte, sauf Guilleri, Henri et le baron. La baronne, Constance et Viviane entrent et Simon se réveille.)

<u>Scène 13 : Guilleri, Henri, Denis, le Baron, Simon, Catherine, La Baronne, Viviane, Constance.</u>

LE BARON – M. de Belgarde, laissez-moi l'affronter à votre place. Je dois laver l'honneur de ma fille.

CATHERINE – Mon honneur est intact.

DENIS – Catherine !

CATHERINE – N'écoutez pas ce menteur !

(Elle cache son visage. Le baron s'approche d'Henri.)

HENRI – La volonté du Roi et le service de la France doivent précéder toute affaire personnelle. Je regrette mais je ne vous permettrai pas de vous battre.

GUILLERI *(au baron)* – Consolez-vous Monsieur, je compte survivre et vous donner votre chance un autre jour.

DENIS – Qu'avez-vous fait ? Que s'est-il passé ? M. de La Roussière ?

LE BARON – Ce misérable prétend avoir touché Catherine...

CATHERINE – Il ment !

DENIS – Ignoble pourceau !

GUILLERI *(ironique)* – La jalousie est indigne de vous !

DENIS – Henri ...

HENRI – Non. Tu ne te battras pas à ma place. *(À tous)* Si cet homme gagne, que ma parole soit tenue !

(Denis rejoint Catherine.)

CATHERINE – Est-il possible que toi aussi tu crois ce monstre ?

(Il défait ses mains de son visage et la serre dans ses bras. Pendant ce temps Guilleri et Henri se mettent en place pour le duel.)

HENRI – Adieu brigand !

GUILLERI – Sachez Belgarde que vous ne vous déshonorez pas en vous battant contre moi. Je suis gentilhomme par ma naissance et brigand par nécessité.

HENRI – Mon honneur ne réside pas dans le nom que je porte mais dans les actes que j'accomplis. C'est vous dire combien vous en manquez !

GUILLERI – Amen.

(Le combat s'engage, par moments Guilleri semble l'emporter, à d'autres Henri prend le dessus. Finalement Henri est touché, il tombe et agonise.)

DENIS et CATHERINE – Non ! *(Ils se précipitent et s'agenouillent près du corps. Guilleri rentre son épée au fourreau.)*

DENIS – Henri ! *(Le baron sort son épée.)*

HENRI *(mourant)* – Ma parole ... *(Le baron baisse son épée, Guilleri sort et Henri meurt.)*

DENIS – Henri ! Henri !

ACTE IV

<u>Scène 1 : Catherine, Louis, Constance.</u>

(Louis et Constance jouent à se battre avec des épées de bois.)

LOUIS – Rends-toi misérable !

CONSTANCE – Jamais ! La mort aux prévôts et aux archers.

LOUIS – Au nom du Roi, bas les armes monsieur !

CONSTANCE *(se laissant désarmer, tombant à genoux)* – Pitié M. le Capitaine !

LOUIS – Ah non alors ! Tu es trop méchant ! Tiens ! *(Il donne un coup d'épée, Constance pousse un cri et fait mine de mourir. Catherine entre.)*

CATHERINE – Quel raffut vous faites ! Tu n'es pas dans ton lit chenapan ?

LOUIS – Je jouais Maman.

CONSTANCE – Une dernière fois avant d'aller se coucher.

LOUIS – Eh bé tu sais, maman, j'étais le gouverneur et Constance était Guilleri. Et puis aussi je l'ai tuée.

CATHERINE *(tristement)* – Ah ! Si tu veux me faire plaisir, ne joue plus à ce jeu.

LOUIS – Tu es fâchée maman ?

CONSTANCE – Pardonnez-lui madame, il ne peut pas se rendre compte.

CATHERINE – Je préfère que tu joues au chevalier Bayard, à Jeanne d'arc, mais pas à Guilleri. Ce n'est pas un héros.

LOUIS – A Bayard, c'est promis. Mais pas à Jeanne d'Arc, je ne suis pas une fille.

CATHERINE – Comme tu voudras. Au lit ! *(Elle embrasse l'enfant. A Constance.)* Henriette et Jean ?

CONSTANCE – Ils dorment Madame. *(Constance et Louis sortent sur le côté droit.)*

Scène 2 : Catherine, la baronne.

(Elle va s'asseoir sur un siège, près de la cheminée, elle regarde le feu.)

CATHERINE – Seigneur, protégez ma famille. *(Après un temps, la baronne entre.)* Alors ?

LA BARONNE – Toujours rien.

CATHERINE – Ah ! Cette attente est insupportable.

LA BARONNE – Ils vont revenir sains et saufs, sois en sûre. A un contre dix, les brigands n'ont pas une chance. Ce soir, notre ami Henri de Belgarde et toutes les victimes de Guilleri, seront vengés. Le Poitou sera débarrassé de la vermine.

CATHERINE – Je tremble que Denis reçoive un mauvais coup.

LA BARONNE – Ce sont les risques de son métier de soldat.

CATHERINE – Comment peux-tu être aussi insensible ?

LA BARONNE – Ne nous disputons pas. Je t'ai tout juste retrouvée, je ne veux pas te perdre à nouveau. *(Elle embrasse sa fille, elles s'assoient.)* Je ne reproche rien à ton mari, au contraire, grâce à son métier, nous avons pu nous retrouver après sept ans de séparation. Enfin, je peux voir mes petits enfants !

CATHERINE – Ils sont heureux de connaître leurs grands-parents.

LA BARONNE – Louis ressemble à Pierre. Le même regard, le même esprit batailleur que son grand-père... *(silence)* ...et Jean ressemble à son père.

CATHERINE – Et Henriette à toi.

LA BARONNE *(flattée)* – Ah ? Tu trouves ?

CATHERINE – Oui, beaucoup … Elle ne fait que me contrarier !

LA BARONNE – Oh !

(Catherine rit.)

LA BARONNE *(en riant)* – J'aime mieux ça. Quand j'entends ton rire, je retrouve la Catherine malicieuse d'autrefois. *(Elles se taisent un instant, regardent le feu.)* Resterez-vous ici quand tout sera fini ?

CATHERINE – Je ne sais pas. *(silence)*

LA BARONNE – Nous serions tellement heureux de voir les petits chaque jour…

CATHERINE – Nous en reparlerons plus tard. Il faudra que nous y réfléchissions. Ce château nous rappelle tant de jours sombres. A Paris, nous sommes heureux. Nous avons des amis, une situation, on y trouve facilement un maître pour les enfants. Et puis, il y a le Roi …Sais-tu que notre Louis …

LA BARONNE – …a joué avec le Dauphin.

CATHERINE – Mais, comment ?

LA BARONNE *(en riant)* – Catherine ! Tu m'as raconté cette rencontre dans trois lettres au moins.

CATHERINE *(étonnée)* – Ah ?

LA BARONNE – Parfaitement. *(Récitant)* Un samedi, tu te promenais près du Louvre avec Louis, quand vous avez croisé Denis qui escortait des messieurs et un enfant. Louis s'est précipité vers son père, et l'un des messieurs t'a priée de bien vouloir les accompagner, pour que les enfants se tiennent compagnie, et que le sien ne s'ennuyât pas. Ce gentilhomme était Henri IV, et l'enfant, le dauphin Louis. *(Moqueuse)* Quelle tête tu fais !

CATHERINE *(amèrement)* – Je radote ! Je me sens vieille maman ! J'ai beau me dire que je vais avoir 23 ans, je n'arrive pas à me faire à l'idée que je ne suis plus une jeune fille !

LA BARONNE – Aie pitié de moi qui m'en vais sur mes quarante !

CATHERINE – Console-toi, il y a plus malheureuses que nous. Tiens ! Cette pauvre Isabelle de Châtillon !

LA BARONNE – Je ne la connais pas.

CATHERINE – Figure-toi qu'elle n'ose plus se montrer aux fêtes dans Paris. Elle, une femme de la haute noblesse ! Elle reste cloîtrée chez elle de peur des moqueries. Et cela, depuis qu'une pimbêche boutonneuse et morveuse de quatorze ans lui a lancé en public : « Vous êtes comme une statue grecque : belle en haut et poussiéreuse en bas. »

LA BARONNE – Mais quel âge a-t-elle donc ?

CATHERINE – Vingt ans !

LA BARONNE *(surprise)* – C'est jeune encore.

CATHERINE – Et pas mariée !

LA BARONNE *(comprenant)* – La pauvre, en effet !

CATHERINE – A Paris, on est une jeune femme à 13 ans, une femme à 16, une femme épanouie à 20, une femme mûre à 24, et une vieille à 30.

LA BARONNE – Morbleu, comme dirait ton père ! Et à mon âge ? Que dit-on des femmes ?

CATHERINE – A ton âge Maman ? Je ne sais pas. Je n'ai rencontré personne de ton âge à Paris. Je crois que les Parisiennes meurent avant d'en arriver là !

LA BARONNE – Méchante ! *(Elle se lève en riant et court après sa fille comme pour la frapper. Catherine rit, crie et ne se laisse pas attraper.)*

Scène 3 : les mêmes, Denis, Parabère, le baron.

(Les hommes entrent.)

PARABERE – Victoire, Mesdames !

CATHERINE *(à Denis)* – Dieu soit loué, tu es vivant !

LE BARON – Pour livrer ce combat crucial, Guilleri a rassemblé tous les brigands du pays, y compris les pirates de nos côtes. M. le gouverneur n'en a fait qu'une bouchée !

DENIS – Nous avons subi très peu de perte, tandis que Guilleri a perdu trois cents des siens, tués ou prisonniers dans les décombres de Bois Potuyau.

CATHERINE – Et Guilleri ?

PARABERE – Il s'est enfui Madame, protégé par une quinzaine de scélérats. Nous le cherchons et quand nous l'aurons trouvé sa peau ne vaudra pas cher.

LE BARON – Nous ne sommes pas prêts de rencontrer à nouveau, cet avis qu'il faisait placarder sur nos chemins : la paix aux gentilshommes, la mort aux prévôts et aux archers, et la bourse aux marchands.

LA BARONNE – Mais nous n'en avons certainement pas fini avec la chanson !

PARABERE – De quelle chanson parlez-vous Madame de la Roussière ?

LA BARONNE – Nous avons en notre bocage une chanson d'auteur inconnu qui célèbre Guilleri le carabi. *(Elle chante et mime le chasseur et son fusil.)*
« Il était un p'tit homme
appelé Guilleri Carabi … »

CATHERINE *(agacée)* – Maman !

LA BARONNE –

« Il s'en fut à la chasse, à la chasse aux perdrix Carabi, titi carabi, toto carabo, Compère Guilleri.
Te lai'ras-tu, te lair'as-tu, te lai'ras-tu mouri' ? »

PARABERE – Amusant.

CATHERINE *(en colère)* – Je ne trouve pas ! *(Elle sort, par le fond.)*

LA BARONNE *(la suivant)* – Excuse-moi Catherine !

LE BARON *(soupirant)* – Sitôt retrouvées, sitôt fâchées ! *(Il sort.)*

<u>Scène 4 : Parabère et Denis.</u>

PARABERE – Je suis désolé, M. de Sèvres. Ai-je commis une maladresse ?

DENIS – Vous n'y êtes pour rien M. de Parabère. Il y a sept ans mon épouse a été enlevée par Guilleri qui comptait en tirer une forte rançon. L'affaire échoua car Catherine réussit à s'évader. C'est aussi à cette époque qu'on commença à entendre dans les villages cette chansonnette et les mauvaises langues insinuent que la perdrix chassée par Guilleri n'est autre que Catherine.

PARABERE – La coïncidence est fâcheuse.

DENIS – Improbable vous voulez dire ! Guilleri est un mauvais perdant. Cette chanson, c'est sa vengeance.

PARABERE – Est-ce donc cela, le compte que vous avez à régler avec Guilleri ?

DENIS – En partie M. le gouverneur. L'affaire de l'enlèvement eut une suite tragique. Philippe Guilleri se vengea de son échec en tuant mon ami et capitaine, Henri de Belgarde.

PARABERE – Je me rappelle ce crime. Il me fut rapporté par le prévôt de Fontenay.

DENIS – C'était un duel.

PARABERE – Duel ou non, je vous rappelle que depuis des années il applique impitoyablement sa devise « La mort aux prévôts et aux archers ». Plus d'un homme a été assassiné du simple fait qu'il était gens d'arme. Aucune indulgence n'est possible !

DENIS – Je n'en ai pas Monsieur. Philippe Guilleri a causé notre malheur, nul ne veut plus que moi que justice soit faite.

PARABERE – Pardonnez ma curiosité M. de Sèvres, mais je suis étonné que vous ayez attendu sept ans.

DENIS – Je n'ai pas eu le choix. J'étais un cadet parmi d'autres, la compagnie était désemparée. Le second de notre capitaine a ordonné le repli sur La Rochelle. Catherine ne voulait pas rester au château de la Grève. Nous nous sommes mariés deux jours après la mort d'Henri de Belgarde, sans festivités, et je l'ai emmenée dans mes bagages avec Constance. A La Rochelle, notre nouveau Capitaine a reçu l'ordre de regagner Paris. Le brigandage des frères Guilleri n'était plus une priorité, cela regardait désormais les prévôtés du Bas Poitou.

PARABERE – Hélas ! La bande des Guilleri ne fit que s'agrandir et devenir plus puissante. Ce pillard s'est servi partout de Rouen à Saintes. Mais il faut bien reconnaître que ce sont les prévôtés de Niort, La Rochelle et Fontenay qui ont le plus souffert.

DENIS – Ma femme reste très marquée par ce drame et cette chanson lui rappelle de mauvais souvenirs. Tout, ici, nous ramène sept ans en arrière : le château de la Grève, Bois Potuyau, la chanson, les soldats dans la cour, la dispute avec sa mère. Je ne souhaite qu'une chose, en finir avec Guilleri le plus vite possible, et retourner à Paris. Je vous remercie encore d'avoir permis que je me joigne à vos troupes.

PARABERE – Je vous autorise à me quitter dès demain si c'est ce que vous voulez. La victoire est à nous, je n'ai plus besoin de vous, ni des hommes levés par M. de la Roussière. Il me restera toujours assez de soldats pour traquer Philippe Guilleri.

DENIS – Merci M. le gouverneur. Vous savez que vous êtes ici chez vous.

PARABERE – Remerciez M. de la Roussière qui a accepté de recevoir mon quartier général au château de la Grève.

(Denis sort, un soldat entre)

Scène 5 : M de Parabère, d'Artagnan, Ravaillac, Guilleri, La Ficelle.

PARABERE – Que voulez-vous d'Artagnan ?

D'ARTAGNAN – M. le gouverneur, trois hommes viennent d'arriver et demandent à passer la nuit au château sous notre protection. Il semble, mordious, qu'ils aient rencontré les brigands.

PARABERE – Vous les ferez entrer. Mes ordres au sujet des prisonniers ont-ils été transmis ?

D'ARTAGNAN – Oui Monsieur. Nous avons fait autant de groupes que de prévôtés. M. le prévôt de Fontenay est décidé à partir dès demain matin, il veut que son groupe de brigands soit pendu au plus tôt.

PARABERE – Diantre ! J'espère que le prévôt de Niort restera, nous ne devons pas abandonner l'ouvrage à moitié fait. Il nous faut Philippe Guilleri.

D'ARTAGNAN – Ordonnez et les prévôts obéiront, mordious !

PARABERE – Je sais d'Artagnan, mais je dois ménager la susceptibilité de ces Messieurs si je désire être bien servi. Faites entrer. *(D'Artagnan sort et revient avec les hommes, Ravaillac en tête.)* A qui ai-je l'honneur ?

RAVAILLAC – François Ravaillac. Je souhaite passer la nuit ici, en sécurité parmi vos soldats, avant de continuer ma route.

PARABERE – D'où venez-vous et où allez-vous ?

RAVAILLAC – Je viens de Jarnac et je vais à Paris où Dieu m'appelle. J'entre chez les Feuillants.

PARABERE – Ah ! Un moine !

RAVAILLAC – Oui Monsieur, un moine. Cela vous déplaît-il ?

PARABERE – Cela m'indiffère M. Ravaillac.

RAVAILLAC – L'indifférence mène au scepticisme Monsieur, puis à l'athéisme. La négation de Dieu est un crime ! Et l'indifférence est un péché qu'il convient de repousser de toutes vos forces ou Dieu abattra son bras vengeur sur vous, comme il s'abattra bientôt sur tous les impies qui refusent l'enseignement du bon Pape Paul V.

PARABERE – Que diable me chantez-vous là ? Ce qui m'indiffère, c'est votre état et non la religion. Qui sont ceux qui vous accompagnent ?

GUILLERI – Joseph Meunier, compagnon charpentier à Nantes et voici André, mon cousin. Nous arrivons de Sainte Hermine où nous avons de la famille.

PARABERE – Vous avez croisé des brigands il paraît.

GUILLERI – Oui, ce matin, nous étions en vue de l'abbaye de Trizay, de l'autre côté du Lay. Les brigands malmenaient François. A notre arrivée, ils ont pris la fuite dans les bois.

PARABERE – Vous pouvez rester cette nuit. Trouvez-vous une place dans la grange ou à l'écurie, et quittez le château à l'aube.

RAVAILLAC – Merci Monsieur. Mes amis, remercions Dieu pour ses bienfaits.

(Il se retire au fond de la scène et s'agenouille pour prier sous les regards un peu surpris des autres.)

PARABERE – Dès que M. Ravaillac aura terminé sa prière, descendez dans la cour du château.

LA FICELLE – Oui Monsieur. *(Parabère quitte la pièce.)*

Scène 6 : La Ficelle, Guilleri, Ravaillac.

LA FICELLE – Nous sommes venus nous jeter dans la gueule du loup !

GUILLERI – Je ne t'ai pas forcé à me suivre. J'ai dit aux autres que nous avions assez d'or pour nous retirer et vivre en bon bourgeois, que si nous poursuivions nos entreprises, c'est la corde ou la roue qui nous attendait. Les autres sont partis et tu aurais dû en faire autant.

LA FICELLE – J'ai confiance Capitaine, nous nous sortirons de ce mauvais pas. Nous retrouverons notre puissance et vous serez encore le maître du Bas Poitou.

GUILLERI – Les temps changent, mon pauvre La Ficelle ! Il faut que tu passes à autre chose.

LA FICELLE – Vous vous trompez ! La preuve, nous sommes là, au château, comme autrefois ! Ils vont voir tous, les prévôts, les châtelains, le gouverneur ! Ils vont voir votre puissance ! Guilleri, traqué, se promène à leur barbe et les ridiculise, encore et toujours !

GUILLERI – Je ne suis pas là pour ça !

LA FICELLE *(agacé)* – Et pour quoi d'autre s'il vous plaît ?

GUILLERI – Je veux retrouver mon frère. Il est parmi les prisonniers. Je le délivre et je file à Bordeaux pour vivre tranquillement des trésors que nous avons amassés depuis huit ans.

LA FICELLE – Ah ! Capitaine, quel gâchis d'abandonner tant de talents pour vivre honnêtement ! Mais puisque c'est ce que vous voulez … Toutefois, je vous le demande comme un cadeau, ne nous séparons pas sans rire une dernière fois.

GUILLERI – Mon brave La Ficelle ! Ton amitié me touche. Je veux bien fêter avec toi la fin de notre équipée, mais faisons vite. *(Cherchant quelque chose du regard pour trouver une idée, ses yeux s'arrêtent sur Ravaillac.)* Tiens, regarde François qui remercie Dieu de nous avoir rencontrés. Je veux faire de sa bêtise une œuvre grotesque et admirable.

LA FICELLE – Nos amis lui ont fait une belle peur et nous avons remarquablement joué les sauveurs providentiels. Ah ! Capitaine, je regretterai les beaux rôles que vous nous faisiez interpréter !

GUILLERI – Je dois entretenir ma légende. Je vais la colorer d'un peu de religion Observe et emboîte le pas. *(Il s'approche derrière Ravaillac)* François ! ... François !

RAVAILLAC – Que me veux-tu ? Ne vois-tu pas que je prie ?

GUILLERI – Dieu a entendu tes prières François ! Il connaît ta foi !

RAVAILLAC *(se levant en colère.)* – Vous vous fichez de moi ?

GUILLERI – Je suis l'ange Gabriel et voici l'archange Michel.

RAVAILLAC – Vous riez de la sainte religion ! Attention à vous ! La colère de Dieu ...

GUILLERI – ... va tomber sur le royaume de France !

RAVAILLAC – Hein ? ! Comment savez-vous ? Qui vous l'a dit ?

GUILLERI – Dieu t'a choisi François.

LA FICELLE – Tu seras son prophète.

RAVAILLAC – Hérétiques !

LA FICELLE – Ne nous regarde pas avec tes yeux de chair, ne sois pas sceptique, regarde-nous avec foi. Dieu n'a-t-il pas envoyé à Abraham des anges ayant l'aspect de voyageurs ?

GUILLERI – Dieu nous a envoyés. L'archange Michel t'a sauvé des bandits, comme il a terrassé le dragon dans les écritures. Et moi, Gabriel, Dieu m'a chargé de te faire une annonce. Dieu est en colère contre le royaume de France, car le royaume a été livré à Satan ! Et toi, Ravaillac, tu es chargé d'accomplir la colère de Dieu.

RAVAILLAC – Donnez-moi un signe que je puisse vous croire !

GUILLERI – Dans le silence de la prière, n'as-tu jamais eu le sentiment que tu devais accomplir de grandes choses ?

RAVAILLAC – Si.

GUILLERI – N'as-tu pas ressenti de la colère contre les ennemis de Dieu ?

RAVAILLAC – Si.

GUILLERI – N'as-tu pas désiré depuis toujours faire la volonté de Dieu ?

RAVAILLAC – Si.

GUILLERI – Tu vois, Dieu te connaît ! Toutes ces choses t'ont été inspirées par lui. Va et sois le prophète du seigneur.

RAVAILLAC – J'obéirai.

LA FICELLE – A genoux Ravaillac ! Moi, Michel, archange du seigneur, je te donne cette dague pour que tu terrasses le dragon qui provoque la colère de Dieu.

RAVAILLAC – A quoi le reconnaîtrai-je ?

LA FICELLE – Euh… Dieu te donnera un signe …en temps voulu. *(Il le sacre avec la dague tel un chevalier, pendant ce temps Guilleri le contourne.)* In nomine patris et filii et spiritus sancti amen. *(Guilleri l'assomme.)*

GUILLERI – Voilà ! Quand il aura raconté son histoire dans le pays, Guilleri, le bandit généreux, courageux, ami du peuple, sera par-dessus le marché envoyé de Dieu. Cela achève ma légende et me situe au niveau de Jeanne d'Arc.

LA FICELLE – Qui parle d'arrêter ? Réfléchissez encore, nous avons des amis de la Saintonge à la Normandie et les pirates de l'Atlantique !

GUILLERI – N'insiste pas ! Emmène-le à l'écurie, laisse-lui la dague. Nous devrons être repartis quand il sera réveillé, comme si nous avions disparu. Pars devant. Adieu La Ficelle.

LA FICELLE – Dire qu'il n'y a que vous et moi pour applaudir à notre dernière représentation ! *(au public)* C'était la prodigieuse légende de Guilleri ! Rideau ! *(Ils saluent le public.)*

Scène 7 : Guilleri, d'Artagnan

D'ARTAGNAN – Mordious ! Que se passe-t-il ici ? Pourquoi êtes-vous encore là ?

GUILLERI – Notre ami vient d'avoir un malaise suite à une dévotion un peu longue.

D'ARTAGNAN – Sortez !

LA FICELLE – Adieu Capitaine *(La Ficelle sort, traînant Ravaillac.)*

D'ARTAGNAN – Vous aussi !

GUILLERI – Vous parlez bien haut Monsieur !

D'ARTAGNAN – Je parle à la hauteur qu'il me plaît avec un gueux !

GUILLERI – Je ne suis peut-être pas si gueux qu'il y paraît ! ... Monsieur ?

D'ARTAGNAN – Charles de Batz d'Artagnan ! ... Monsieur ?

GUILLERI – Philippe Guilleri.

D'ARTAGNAN – Guilleri ! Le... ?

GUILLERI – Lui-même, en chair, en os et en railleries. *(Il sort l'épée et Guilleri fait de même. Ils se battent.)* Vous n'appelez pas à l'aide, M. d'Artagnan ?

D'ARTAGNAN – Appeler à l'aide ? Un d'Artagnan ? Mordious, toute la Gascogne en rougirait Monsieur ! *(Quelques coups d'épées, puis tout en continuant le duel.)* Avez-vous de la famille ?

GUILLERI – Qu'est-ce que cela peut bien vous faire ?

D'ARTAGNAN – « Au château de La Grève, mourut le bandit Guilleri, de la main de Charles d'Artagnan. » *(D'Artagnan désarme Guilleri et pointe sa lame sur sa poitrine.)* ... Voilà l'épitaphe que je réciterai à vos parents pour annoncer votre décès.

GUILLERI – Mon père est mort, Monsieur, de honte et de chagrin. C'est du moins ce qu'on m'a rapporté. Mais il me reste un frère que je vous autorise à informer, il se trouve parmi vos prisonniers.

D'ARTAGNAN *(embarrassé)* – Ah !

GUILLERI – Quelque chose vous contrarie ?

D'ARTAGNAN – Baste ! Ramassez votre épée, il me semble que je vous tuerai mieux si vous êtes armé.

(Guilleri ramasse son épée.)

GUILLERI *(ironique)* – Avez-vous pitié M. d'Artagnan ?

D'ARTAGNAN – De mon honneur, seulement de mon honneur !

(Ils reprennent le combat. Et Guilleri est désarmé au bout de quelques coups.)

<u>Scène 8 : D'Artagnan, Guilleri et Denis.</u>

DENIS *(entrant)* – Bas les armes, soldat !

D'ARTAGNAN *(baissant la garde)* – Guilleri, j'ai le regret de vous annoncer la mort de votre frère, ce matin à Potuyau.

GUILLERI – C'était donc cela ! Comment est-ce arrivé ? Je l'ai vu rendant son arme.

(D'Artagnan baisse le nez.)

DENIS – Parfois les hommes désobéissent. Nous n'avons pu les retenir de pendre votre frère dès lors qu'il fut reconnu.

GUILLERI *(atterré)* – Vous êtes vengé. Cela vous satisfait je suppose ?

D'ARTAGNAN – Le sort de votre frère est enviable à côté de celui que vous subirez. La roue est un supplice affreux. La corde, elle, a le mérite d'une certaine rapidité.

DENIS – Pourquoi êtes-vous venu au château ?

GUILLERI – Oh ! J'y suis un peu chez moi ! Qu'ai-je à craindre ?

D'ARTAGNAN – Mordious ! Il est fou ce garçon ! S'il n'était pas le brigand et l'assassin que l'on sait, je crois bien que je l'aimerais. On dirait un Gascon.

DENIS – J'avais un ami qui pensait cela aussi, avant que ce bandit ne le tue.

GUILLERI – Vous savez bien, M. de Sèvres, que vous ne me tuerez pas ! On ne vous le pardonnerait pas…

DENIS – Vraiment ? Quel est ce mystère ?

D'ARTAGNAN *(à Denis)* – Je l'enferme et je préviens M. de Parabère.

DENIS – Non. Laissez-nous.

D'ARTAGNAN – M. de Sèvres, je vous rappelle que Philippe Guilleri est mon prisonnier.

DENIS – Je ne vous disputerai pas la gloire de l'avoir arrêté d'Artagnan.

D'ARTAGNAN – Je l'ai vaincu et il m'appartient. Je vous le cède quelques instants, mais auparavant, vous allez jurer que vous ne lui ferez pas de mal.

DENIS – Je jure.

(D'Artagnan sort.)

Scène 9 : Denis, Guilleri.

DENIS – Me direz-vous enfin ce que vous voulez ?

GUILLERI – J'avais plusieurs raisons de venir. Je comptais libérer mon frère que vous avez lâchement abandonné en pâture à vos chiens.

DENIS – Votre frère et vous êtes des bandits de la pire espèce. N'attendez aucun remords de ma part. Je n'ai pas participé à cette pendaison. Je n'ai pu l'empêcher, c'est différent. Ma conscience est nette.

GUILLERI *(méprisant)* – Votre conscience ! C'est la chaîne qui vous retient de me tuer, et pourtant vous en crever d'envie ! Vous ne serez jamais un homme libre, mais l'esclave de vos scrupules idiots ! Vous voyez bien Sèvres que vous ne me tuerez pas !

DENIS – L'honneur est une prison pour la crapule. La raison suivante ?

GUILLERI – Voir mon fils.

DENIS – Votre fils, dans ce château ?

GUILLERI – J'ai appris en revenant à La Merlatière, après 7 ans d'absence, que Mlle de La Roussière avait un fils de 6 ans ! Imaginez mon émoi ?

DENIS – Ne vous donnez pas la peine d'inventer une nouvelle histoire, Guilleri ! Je ne tomberai pas dans le piège de vos provocations.

GUILLERI – J'ai de bonnes raisons de croire que ce fils pourrait être le mien.

DENIS *(sortant son épée)* – A quoi vous servent vos insultes ?

GUILLERI – Qu'attendez-vous ? Pourquoi hésitez-vous ? Je sais, il vous manque une bonne raison pour satisfaire votre conscience. Laissez-moi vous aider. N'ai-je pas tué votre ami, M. de Belgarde ?

DENIS – Taisez-vous !

GUILLERI – Ce n'est pas suffisant !

DENIS – Taisez-vous ventredieu !

GUILLERI – J'ai ridiculisé votre épouse, et j'en ai fait ma maîtresse de trois jours.

(Denis prend Guilleri au col et le jette à terre)

GUILLERI – Toujours insuffisant ! Quelle puissance retient votre main ? J'y suis ! Votre serment à d'Artagnan ! *(Il se relève et rit.)* Foutaise ! La vraie raison, la seule qui vous empêche de me tuer, c'est de ne pas être obligé un jour d'avouer à ce fils, poussé par l'une de ces circonstances imprévues que la vie réserve à chacun, que vous avez tué son véritable père, le bandit Guilleri.

DENIS – Vous êtes fou !

GUILLERI – Quand est-il né, ce fils ?

DENIS – Le 3 juillet 1602.

GUILLERI – Neuf mois après mon passage au château !

DENIS *(fermement)* – Neuf mois après mon mariage avec Mme de Sèvres.

GUILLERI – Le mariage ! C'est bien commode pour brouiller la piste du déshonneur des filles !

DENIS – Je ne sais pas pourquoi je vous écoute. Je vais appeler M. d'Artagnan.

Scène 10 : Denis, Catherine et Guilleri.

(Catherine entre.)

CATHERINE – Lui !

(Elle arrache l'épée des mains de Denis et porte un coup maladroit, Guilleri esquive mais est touché à l'épaule. Elle veut recommencer.)

DENIS – Arrête Catherine ! *(Il la retient)*

CATHERINE – Laisse-moi ! Ou bien tue-le toi-même !

GUILLERI – Madame, je ne vous veux pas de mal. Je veux voir votre fils. Et seulement le voir, je le jure !

CATHERINE – Monstre ! Que lui voulez-vous ?

GUILLERI – Vous le savez aussi bien que moi !

CATHERINE – Je n'en sais rien et peu importe en fin de compte ! Tue-le Denis ! Fais-moi ce plaisir !

GUILLERI – Montrez-moi cet enfant. En le voyant, je saurai s'il est de moi ou non.

CATHERINE – Louis, votre fils ? ! Vous êtes fou ! Est-ce le nouveau mensonge dont vous compter vous servir contre moi ? J'ai dû blesser mortellement votre orgueil autrefois, en vous échappant, pour que vous ne cessiez de me traîner dans la boue depuis 7 ans, en chanson et ce soir, jusque chez moi, au péril de votre vie !

DENIS – Il est perdu Catherine. Laissons-le croire ce qu'il veut.

CATHERINE – Laisser notre enfant entre les mains de ce scélérat ?

DENIS – Je ne cède qu'aux dernières volontés d'un condamné à mort. Au premier geste suspect je vous enfoncerai mon épée dans le cœur.

(Catherine le fixe quelques secondes, méprisante, puis hausse les épaules et sort à droite. Guilleri avance, Denis retient son bras.)

GUILLERI – Je promets de ne pas lui dire qu'il est mon fils.

DENIS – Au premier mot, vous êtes mort !

GUILLERI – Je jure de ne le révéler à personne.

DENIS – Que vaut la promesse d'un homme tel que vous ?

GUILLERI – Laissez-moi embrasser cet enfant !

(Denis le lâche. Ils sortent.)

<u>Scène 11 : D'Artagnan, Parabère, La Ficelle, Ravaillac et deux soldats.</u>

(D'Artagnan et Parabère entrent par le fond.)

D'ARTAGNAN – Mordious ! Je les ai laissés là M. le gouverneur ! M. de Sèvres a promis de me rendre mon prisonnier !

PARABERE – Ah ! D'Artagnan ! Vous êtes un naïf comme tous les Gascons ! Je devrais vous renvoyer à votre domaine !

D'ARTAGNAN *(s'emportant)* – Si on ne peut plus croire une promesse sur l'honneur, comment faire confiance aux gens, aux gentilshommes qui plus est ! Ah ! Je suis un naïf ? Je suis un benêt de Gascon ? Et bien renvoyez-moi, M. de Parabère ! Renvoyez-moi à ma Gascogne ! Je serai bien aise de la retrouver, de retrouver ma femme et mon fils, le petit d'Artagnan ! Un naïf encore sans doute celui-là ? Ah ! On n'a pas fini d'en entendre parler de cette histoire ! Et quand, dans vingt ans, je l'enverrai chez mon ami M. de Tréville, il s'entendra dire : « Non d'Artagnan ! Vous ne serez jamais mousquetaire ! Une tache indélébile souille votre nom ! Votre père fut bien naïf en 1608, quand il laissa fuir le criminel Guilleri ! »

(Deux soldats paraissent tenant La Ficelle.)

PARABERE – Calmez-vous d'Artagnan ! Vous êtes un brave soldat. Je me suis emporté un peu vite. *(Criant)* Avancez vous autres !

LA FICELLE – Je ne comprends pas M. le Gouverneur, que me voulez-vous ?

PARABERE – Mon cher Meunier, j'aimerais beaucoup avoir une conversation avec votre cousin Joseph, malheureusement il est introuvable.

LA FICELLE – Je ne sais pas moi-même …

PARABERE – Dommage ! *(à d'Artagnan)* Pendez-le !

LA FICELLE – Hein ? Vous n'avez pas le droit ! Ce n'est pas possible ! *(Les soldats l'entraînent vers le fond.)* J'avoue. *(Ils le ramènent devant Parabère.)* Nous avons joué un tour à M. Ravaillac, cela ne vaut pas la corde tout de même ! Vous ne pouvez pas me pendre pour une peccadille pareille !

PARABERE – Je l'avais oublié celui-là ! Allez me le chercher. Après tout il est peut-être de la bande lui aussi.

(Un soldat sort.)

LA FICELLE – De la bande ?

PARABERE – Allons Meunier, ne te fais pas plus sot que tu ne l'es ! Où est ton chef ? Où est Guilleri ?

LA FICELLE *(comprenant qu'il est découvert.)* – Qu'ai-je à gagner si je parle ?

PARABERE – Une mort rapide au lieu d'un supplice !

LA FICELLE *(fièrement)* – Une mort rapide ? Je ne suis pas pressé de mourir !

<u>Scène 12 : les mêmes, Guilleri, Denis, Catherine, le soldat et Ravaillac, le baron, la baronne et Constance.</u>

(Guilleri, Denis et Catherine reviennent sur scène.)

D'ARTAGNAN – Mordious ! C'est lui !

GUILLERI – M. d'Artagnan, vous m'avez manqué !
PARABERE – Au nom du Roi je vous arrête.

GUILLERI – Croyez-vous ça ? Vous seriez bien le premier ! Je suis ici de mon plein gré pour une affaire privée et je compte bien repartir comme je suis venu. *(Il sort un poignard de sa manche et le place sur le ventre du gouverneur.)* Libre ! Mon pauvre La Ficelle, pourquoi n'es-tu pas parti ?

LA FICELLE – Pas eu le temps Capitaine !

GUILLERI – Adieu et merci Sèvres.

CATHERINE – Allez au diable !

GUILLERI – J'irai Madame, mais pas tout de suite. Messieurs, veuillez déposer vos épées... ou bien j'appuie sur le ventre de votre gouverneur !

(Ils laissent tomber les épées.)

La Ficelle *(au soldat)* – Toi aussi bougre d'âne ! *(Il lui arrache des mains son épée.)* Ah ! Capitaine ! Comme aux plus beaux jours de notre gloire ! Je le savais ! Tout n'est pas fini !

(Le soldat revient avec Ravaillac qui se tient douloureusement le crâne, l'homme sort une épée.)

GUILLERI – Attention ! *(La Ficelle esquive le coup et tue le soldat.)*

PARABERE – Misérable !

GUILLERI – La mort aux archers, vous vous souvenez M. le Gouverneur ? A chacun son édit. Celui d'Henri IV à Nantes, celui de Philippe Guilleri dans le Poitou. Vos hommes n'ont pas épargné mon frère, voilà la monnaie de votre pièce !

(Ravaillac tombe à genoux près du soldat, il voit La Ficelle et l'épée qu'il tient.)

RAVAILLAC – Ah ! St Michel ! Le dragon ! Ma tête !

D'ARTAGNAN – Le pauvre ne sait plus ce qu'il dit ! *(Il s'approche)* Ventredieu ! Il a sur le crâne une bosse, on dirait un œuf ! *(Il l'aide à se lever.)*

RAVAILLAC – Qui êtes-vous ?

D'ARTAGNAN – Charles d'Artagnan pour vous servir.

RAVAILLAC – Où suis-je ?

D'ARTAGNAN – Au château de La Grève.

RAVAILLAC *(regardant Guilleri.)* – L'ange Gabriel !

PARABERE – Guilleri ? Un démon plutôt !

RAVAILLAC – J'ai vu les anges de Dieu ! Je suis le prophète de la colère ! Ma tête ! Ma tête !

GUILLERI – Partons La Ficelle, M. de Parabère nous raccompagne jusqu'au pont-levis.

RAVAILLAC – Ma tête !

GUILLERI *(avec condescendance)* – Bandit ou ange déchu ... c'est un peu la même chose, Ravaillac.

(La Ficelle fait passer le gouverneur devant lui et sort, Guilleri le suit, mais Ravaillac sortant sa dague, le retourne face à la scène et le poignarde au ventre.)

TOUS – Ah !

RAVAILLAC – Ah ! Que la colère du Seigneur frappe les impies de ma main... *(D'Artagnan s'agenouille et relève la tête et les épaules de Guilleri qui agonise.)* comme elle a frappé les Egyptiens par la voix de Moïse !
(La Ficelle fuit poursuivi par Ravaillac.)

D'ARTAGNAN – Il n'est pas mort ! Pas encore...

GUILLERI – « J'ai vécu sans nul pensement,[2]
        Me laissant aller doucement
        A la bonne loi naturelle ...
(Reprenant son souffle)

LE SOLDAT – Que marmonne-t-il ?

CATHERINE – Il délire ?

---
[2]   Mathurin Régnier (1573-1613)

D'ARTAGNAN – Taisez-vous mordious !

GUILLERI -   Si m'étonne fort pourquoi
La mort daigna penser à moi,
Qui ne songeais jamais à elle. »

D'ARTAGNAN – Il récite des vers !

GUILLERI *(mourant)* – Bravo d'Artagnan, vous êtes drôle ! Parler de vers à un homme qui meurt !

(Parabère arrive en courant, suivi du baron, de la baronne et de Constance.)

PARABERE – Il est mort ?

DENIS – Pas tout à fait ! Et La Ficelle ?

PARABERE – Ravaillac lui a plongé une dague dans le cœur. Mes soldats ont saisi ce fou et l'ont jeté à la porte du château. Qu'il aille se faire pendre à Paris ! Je vous garantis que nous n'en entendrons plus jamais parler !

GUILLERI – Mon pauvre La Ficelle !

PARABERE – Vous avez perdu Guilleri ! C'est la roue du bourreau qui vous attend à La Rochelle.

GUILLERI – Vous croyez M. le Gouverneur ? Alors j'irai au diable comme dit Mme de Sèvres. Mais quand vous m'aurez rejoint, plus personne ne se souviendra de vous.

Tandis que moi, je suis déjà immortel. Je laisse sur Terre …

CATHERINE *(effrayée)* – Ah, le misérable !
GUILLERI – Ma légende …. Et aussi … *(Louis entre.)*

CATHERINE – Taisez-vous pour l'amour de Dieu !

GUILLERI *(regardant Louis)* – Et surtout…

DENIS *(fermement)* – Il nous poursuivra de sa haine jusqu'aux portes de la mort ! *(Il sort une dague pour achever Guilleri.)*

GUILLERI – Et … et ….

D'ARTAGNAN – Et quoi mordious ?

GUILLERI – Ma chanson… *(Il perd connaissance.)*

(Denis cache aussitôt la dague et Catherine se jette dans ses bras.)

RIDEAU

Distribution de la pièce
lors de sa création en novembre 2000

Le BARON :	Christian Chaigne
La BARONNE :	Christine Rousseau
CATHERINE :	Véronique Turcaud
LOUIS :	Sylvain Rousseau
CONSTANCE :	Dorothée Bertrand
SIMON :	Daniel Dubois
VIVIANE :	Carine Neau
PONTGUERIN :	Alain Ripol
MONTREZEAU :	Malte Huller
PERROCHEAU :	André Dubois
PICART:	Daniel Dubois
ABBE GRELOT:	Gustave Beignon
DENIS :	Philippe Beignon
HENRI :	Jean-François Teillet
LES CADETS :	Daniel Dubois, Pierrick Beignon et Priscilla Gaborieau
GUILLERI :	Daniel Charneau
LA FICELLE :	Fabrice Papin
NAU :	Valentin Naulin
BREJON :	Pierre Lesot
MINOTAURE :	Marie-Andrée Cottereau
LA JAPETTE :	Adeline Rousselot
BEAU MERLE :	Yannick Mandin
PARABERE :	André Dubois
D'ARTAGNAN :	Pascal Crépeau
RAVAILLAC :	Michel Frappier

Mise en scène : Gustave Beignon

Distribution de la pièce
en novembre 2015

Le BARON :	Jean-François Teillet
La BARONNE :	Marie-Andrée Cottereau
CATHERINE :	Margot Chevolleau
LOUIS :	Romain Minard
CONSTANCE :	Blandine Greffard
SIMON :	Henri Majou
VIVIANE :	Evelyne Therrault
PONTGUERIN :	Daniel Dubois
MONTREZEAU :	Malte Huller
PERROCHEAU :	Denis Servant
PICART :	Angèle Beaupeux
ABBE GRELOT :	Jean-Pierre Raimont
DENIS :	Paul Morin
HENRI :	Fabrice Papin
LES CADETS :	Lucien Charneau et Léo Allétru
GUILLERI :	Daniel Charneau
LA FICELLE :	Charles Majou
NAU :	Alexis Raiffaud
BREJON :	Jessy Greffard
MINOTAURE :	Thomas Bossard
LA JAPETTE :	Fabienne Guyau
BEAU MERLE :	Ulysse Guyau
UN BANDIT	Jeanne Charneau
PARABERE :	Adrien Bossard
D'ARTAGNAN :	Tiburce Robineau
RAVAILLAC :	François Remaud
Mise en scène :	Daniel Dubois

Remerciements
à
la troupe « Les Comédiens de Thorigny »
qui prend le risque
de créer mes pièces sur scène.

à
d'Artagnan, Porthos, Athos et Aramis,
Zorro, Fanfan la tulipe, Lagardère,
et Cyrano

à
Rostand et Poquelin

aux cinéastes
de films de cape et d'épée

pour les emprunts,
l'inspiration,
la joie.

Autre publication du même auteur

Jack l'éventreur (comédie policière), 2015

© 2016, Daniel Charneau
Photo couverture : C. Huller

Impression et Édition :
BoD – Books on Demand, Norderstedt
BoD-Books on Demand,
12/14 rond-point des Champs Elysées, 75008 Paris, France

ISBN : 9782810623648

Dépôt légal : juin 2016